狗(いぬ)の王

ふゆの仁子

講談社X文庫

目次

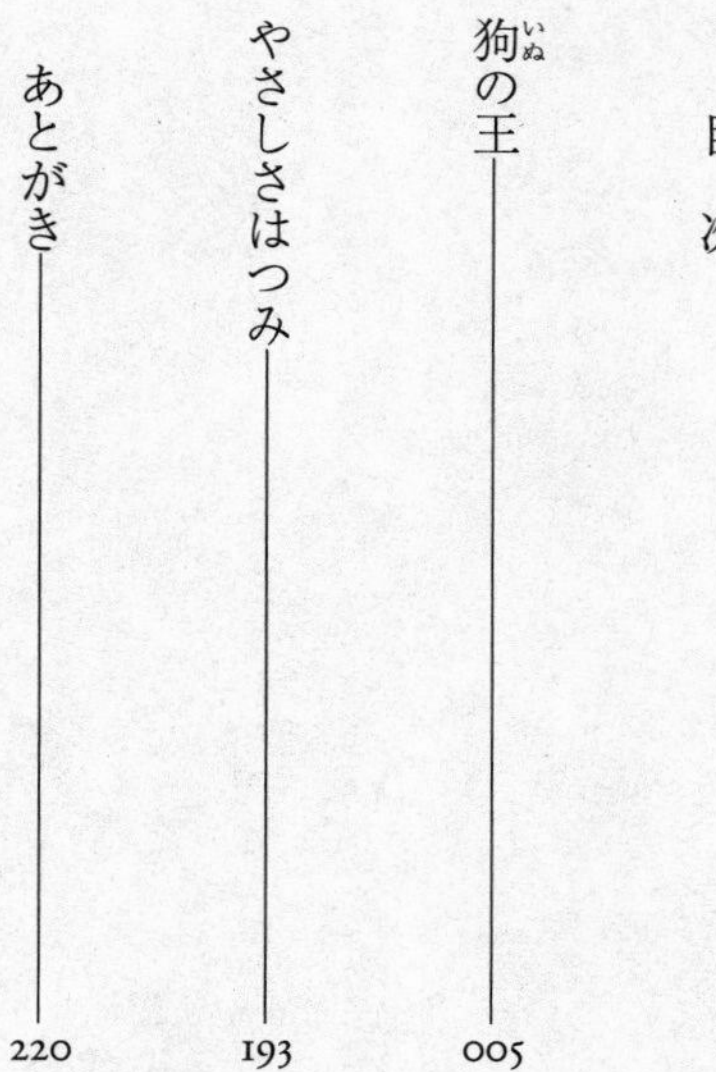

イラストレーション／黒田 屑

狗(いぬ)の王

1

自分は「普通ではない」。

物心ついた頃から、真上ランは漠然とその事実に気づいていた。

第一に、瞳の色。

黒い髪と同じく、生まれつき光の加減によっては金に見える瞳は、親譲りだ。髪の色はともかく瞳の色を、家族以外の者は目にしたことはない。だから、幼い頃から前髪を長めに伸ばしつつ、コンタクトレンズで色を変えて過ごしていた。

それから、素性だ。

自分はもちろん、両親がどこの出身か、彼らの子どもであるランですら知らない。どんな家に生まれたのか。兄弟姉妹はいるのか。祖父母はどんな人か。何も知らないし、教えてもくれない。聞いたこともない。

ランの知っていることは、両親はどこかで出会い、愛し合い、ランが生まれたという事実だけだ。両親はランに無償の愛を与えてくれた。そしてランはその愛を存分に受けて育った。彼らの仕事柄——といっても、ランは両親が何をしているかわかっていないのだが——人の目を避けるように、一年と同じ土地に居住しなかったため、当然、友達は作れなかった。

ゆえに、自分が他と比べて何がどう違うかを、具体的に認識していたわけではない。ただ「違う」という事実を認識していただけだ。

同時に、その違いによって、なんらかの面倒を被るかもしれないことは理解していた。だがそれについても、「多少」だ。他の人と比べて、多少の困難が伴う程度。絶対に、生死に関わるような大事だとは思っていなかった——両親から別れを告げられるまでは。

十八歳になるから、一緒に暮らせないのだ、と。

理由は告げられなかったものの、そういうものなのかと納得した。改めて思い返してみれば、物心つく頃から、ランが独り立ちすることを前提に、両親から様々なことを教えられていた。

それこそ、生きていくために必要な、あらゆることを、だ。

そのひとつが言語だ。世界のどこでもある程度過ごせるだけの言葉を理解できる。綺麗なことも汚いことも、賢いことも狡いことも、生きていくためには「手段を選ぶな」、同時に「自分を見失うな」とも教えられた。

親と離れる日はさほど遠くないだろうと薄々気づいていたが、だからといって別れが寂しくないわけがない。

将来を考え厳しく育ててくれた半面、両親は息子であるランに愛情をたっぷり注いでくれた。成長するにつれ両親とのつき合い方は変わっても、親子の愛情に変わりはない。

『私たちと別れたら、この手紙に書かれた場所へ向かいなさい。君をこれから助けてくれる人に会えるから』

新しい年を迎える直前の別れ際に、父から一通の手紙を渡された。

『また、いつか会おう』

一生の別れかもしれない。薄々感じながら、「また」といつかわからない再会を約して笑顔で別れた。

背負った黒のリュック。元々父が使っていたためかなり年季が入っている。これがランがこれまで生きてきた思い出だ。デニムにセーターの上からフードの大きなダッフルコートを羽織ったランは、いくつもの乗り物を乗り継いだ。そして訪れた場所は、極東アジアに位置する、日本という国の都市——東京、かつ渋谷(しぶや)という街だった。

駅の改札を抜けたランは、目の前を慌ただしく過ぎ去る人の姿をしばし呆然(ぼうぜん)と眺める。

「人が多い……」

それだけではない。車が多く巨大な建物が多いせいか、空が小さい。緑も少ない、というかほぼないために、酸素が少なく感じられる。

押し寄せる気持ちの悪さになんとか我慢して目的の駅で電車を降りると、新鮮な空気を吸うべく駅の外に出た。が、目の前に広がる光景に強烈な眩暈(めまい)を覚えてしまう。

ランは駅舎の壁に背中を預けるようにしてその場に蹲(うずくま)り、己の口を手で覆う。

(……なんか、嫌な臭(にお)いがする)

東京に着いた頃から、胸のむかつきを覚えていた。人酔いと乗り物酔いのせいだろうから、そのうちに慣れると思っていた。だが、臭いが強くなるのに比例するように、体調はさらに悪くなってきた。

初めての場所でも、これまでに訪れた他のアジアの都市と変わらないだろう。そう思っていたのに、この体調の悪さはなんだろう。

ランの母はおそらく、日本人だ。アジアを含め様々な土地を転々と過ごしながら、日本に足を踏み入れるのは今日が初めてだった。明らかになんらかの理由で、両親は日本を避けていた。

ランに両親は、手紙を残していた。

書かれていたのは、日時と場所、それから電話番号のみだった。

だがこれが己の向かうべき場所だということはランにはわかった。

「二時……」

今日が、その二月十日。まさに午後二時半。

それが手紙に記された待ち合わせの時間だ。

腕時計で時間を確認してから、ランは額を覆う前髪をかき上げる。

露(あらわ)になった額には、脂汗が浮かんでいる。どんな相手と会うのかもわからないまま、こんな状態で三十分も待たねばならないのか。電話を掛けるべきか悩みつつも、相手がわからない状況では躊躇(ためら)われた。

折り曲げた膝(ひざ)に押しつけていた頭を少し上げて空気を吸った途端、体の奥で何かドクンと疼(うず)いた。臍(へそ)よりも下辺りにそろりと手を伸ばすと、全身にぞわりと鳥肌が立った。

(なんか変だ)

嘔吐感(おうとかん)は変わらずあるが、異なる感覚も生まれている。内腿(うちもも)が震え急激な喉(のど)の渇きを覚えてしまう。動悸(どうき)がして掌(てのひら)に汗が滲(にじ)み出(で)てくる。

明らかに尋常ではない感覚に気づいた瞬間、しゃがみ込んだランの前に人影ができた。

ひとつ、ふたつ、みっつ。

頭上から覆(おお)い被(かぶ)さるようにできた影がゆらりと動く。同時に動く空気が、ねっとりと体に纏(まと)わりついてくる。

「これ、か?」

影のひとつからくぐもった言葉が零れ落ちてくる。

「よく知らねえが、この匂いだ。間違いない」

(匂いって、なんのことだ？)

ランは自分に向けられただろう言葉を反芻しながら、膝に押しつけていた頭を少しだけ上へ向けた。

目の前に立つのは、ダウンジャケットを羽織り、無造作にズボンのポケットに手を突っ込んだ男だった。水分の足りなそうな、脱色されただろう金色の髪に、嘲るような笑いが顔に張り付いている。

もしかしたら、この場所で待ち合わせした相手かもしれないと思った。だが男を目にした途端、違うとわかる。

金髪の男の背後に立つ、下卑た笑みを浮かべるスキンヘッドの男とドレッドヘアーの男たちから漂う空気は、明らかに「ヤバイ」。

容姿ではなく、全体から醸し出される雰囲気に対し、本能が拒否して警戒している。

「こいつの目、金色だ」

乱暴に前髪を掴まれ顔を上向きにされた瞬間、ドクンと強く心臓が鳴る。

鼻を突く異臭に堪えられず、渾身の力でその手を払ったせいで、金髪の男がその場に大きく尻もちをついた。

刹那（せつな）、周囲の視線がランたちに向けられる。

「なんだ、てめえ」

抵抗されると思っていなかったのか。ドレッドは金髪に手を貸し、スキンヘッドはランに詰め寄ってくる。距離を縮められることで濃くなる臭いに、激しい嫌悪感が生まれる。

（逃げなきゃ……）

迷っていたら駄目だ。

頭で考えるより先に体が動いていた。

膝を曲げ、腰を低くしたまま足を前に踏み出すことで、伸びてきたスキンヘッドの腕から逃れられる。

「ちっ、てめえ……！」

そのやり取りに気づいた残り二人が態勢を整える前に、ランは青色が点滅し始めた交差点へ向かって一目散に走り出す。

ちょうど駅へ急ぐ人波に逆らいながらも前へ進み続けた結果、ランが横断歩道を渡り切ったタイミングで信号が赤に変わった。

「畜生。待て、待ちやがれ！」

男たちは諦（あきら）めず、一気に走り出す車の前に飛び出そうとしたのだろう。大量のクラクションやブレーキの音が響き渡るのを背後に聞きながら、ランは振り返ることなく、二手に分かれた道路の左側の坂を上っていく。

(信号が青に変わるまでの間に、できるだけ遠くに逃げないと……)

土地勘のまったくない場所だ。目的なしにやみくもに走り続けたところで、逃げ切れるとは思えない。何より体力が続かないだろう。

あの男たちから離れたせいか、猛烈な吐き気は治まったものの、得体の知れない視線は感じ続けている。坂の上まで辿り着いたところで、一旦足を止めてスマートフォンを取り出す。そして手紙に記されていた番号に電話することにする。一抹の不安を覚えるが、見知らぬ土地でランが縋れるものは、両親に託されたこの手紙だけだ。

(これで電話があいつらに繋がったら笑うしかないな)

とはいえ、多分大丈夫だろうと思いつつ、呼び出しボタンを押したタイミングで、近い場所で呼び出し音が鳴った。

(ものすごいタイミングだ)

耳に押し当てたところで回線が繋がる。

そして――。

「誰……?」

電話を押し当てた右側と、電話を押し当てていない左側の両方の耳から、同じ声と言葉が聞こえてくる。

「……え？」

驚きに左を向いたランの視線は、同じようにランに向けられた視線を捉える。

「あ……」

見上げた先、ランを見る金色の瞳を認識した瞬間、時が止まる。

時間だけではなく、何もかも止まったように思えた。そんな中で、銀に光る髪の毛が、ゆっくりと揺れる。

まるでスローモーションのように、美しく長い銀の髪が、一本ずつ落ちていく。

象牙の如くすべらかな肌に、真っ直ぐな鼻梁。瞬く瞼を覆う睫毛もが、髪と同じ銀色をしていた。

見上げる長身に似合う、膝丈のコートを着た立ち姿は、子どもの頃に母が読み聞かせてくれた絵本に登場した、真っ白な雪の中、凛々しい姿を見せていた、白く美しい神の使いである狼を思い出させた。

「綺麗……」

呟くや否や、止まっていた時間が動き出し、ランの全身が雷に打たれたかのように震えた。直後、肺いっぱい吸い込んだ空気が体の中を駆け巡ると同時に、呼吸が荒くなる。

地面を踏み締める足の先から、スマホを握る指の先まで走り抜けた刺激が、痛みに切り替わる。

「真上──ランか」

低い声に頷くよりも前に、細い手首に長い指が絡みつく。あっと思う間もなく、ランの体が引き寄せられていく。

　そのまま、路地へ連れ込まれる。

「あ」

　短い声を上げたあと、吸い込んだ息とともに、濃厚な甘い匂いが体に纏わりついてくる。例えるなら、全身の肌の細胞のひとつひとつに、蓋(ふた)を被せてくるようなイメージだ。

　それも、これ以上ないほど、ぴったりと合った蓋だ。

　一度締めたら簡単に外れない。外せない。

「どうしてこんなところに……それから、君は……オメガか」

　血のように、赤い唇。その唇が息とともに発する低い音が紡ぐ単語の意味がわからず、ランは首を左右に振る。

「オメガなんて、知らな、い……っ」

「知らないわけがないだろう。これほどまでの匂いを放っていて……」

　とてつもなく心地よい高さの声色で、苦しげに言葉を紡ぐ。

「……匂い？」

　咄嗟(とっさ)に勢いよく周辺の空気を吸い込むと、突然がくりと腰が抜けそうになる。

「何をやっている」

伸びてきた腕が、頽れそうになる腰を支えてくれる。

「そんな風に吸い込んでしまったら、意識が飛ぶ」

幼い子をあやすかのように、柔らかく背中を包まれ、後頭部の髪を大きな手で撫でられる。肩口に押しつけられたランの鼻先を、花の香りのような、華やかな芳しい香りが包んでくる。

(なんだ、この匂い)

あまりの心地よさから、頭を撫でる手に頬を擦りつけかけたところで、ランは己を抱き締める男の瞳の色を思い出す。

他の人に気づかれないようにと言われた、同じ瞳の色。

そして、自分の名前を知っている人。

(誰だ、この人は)

ようやく機能し始めた頭の中で、懸命に考えようとする。だがそんな思考は、全身に纏わりつく匂いのせいで霧散してしまう。

一体、何が起きているのか。

走ったことで高鳴っていた鼓動は、落ち着くどころかさらに大きくなる。

とてつもなく甘い香りが、ランの細胞のひとつひとつに染み渡っていく。

指の先、髪のすべて、細胞、皮膚、内臓——甘い香りに刺激されたランの体の内から、何かが溢れ出している。

駅の前であの男が目の前に立ったときのような、激しい嘔吐感は生まれていない。その代わりに、腰の奥が疼いている。

（熱い……）

困惑した気持ちとは裏腹な、全身が粟立つような感覚が広がっている。体温が上昇し、鼓動が高鳴り、全身に汗が噴き出す。

急激な喉の渇きを覚え、頬が紅潮した上に、先ほど男たちから逃げた直後のように呼吸が荒くなってきた。

疲労とは違う。粟立った肌に上擦る感覚。

腰を中心に広がる熱——間違いなく欲情している。

（どうして？）

内腿の震えに、激しい羞恥が芽生えてくる。

「君がこんな場所にこんな状態でいる理由は問わない。とにかく、このままでは互いにもたない。今からでもいいから薬を飲みたまえ。話はそれからだ」

「や……っ」

肩を摑まれ乱暴に甘い香りから引き剝がされた途端、なくなってしまう温もりにランの口から無意識に甘い声が零れ落ちた。

十八歳とはいえ、人目を忍んで生きてきたために、性的に未成熟で、精通も遅かった。結果、当然セックスの経験も恋愛経験も皆無だった。だからといって知識がないわけではない。己の今の反応がおかしいのはわかる。

直接的な体への刺激はない。視覚の上でも何かを目にしたわけではない。

では、何がランを「こんな風に」しているのか。「オメガ」とは、何か。

「薬って、なんですか」

「何を言っている？」

「オメガって、なんですか」

ランの問いに、金色の瞳が揺れる。

「……知らないのか？」

驚きの反応を示す言葉にランは首を縦に振る。知りたいこと、聞きたいことが、次から次に溢れてくる。

「どうして俺の名前を知っているんですか」

コートの胸元を必死に掴む。

「オメガってなんですか」

改めて同じことを尋ねる。

「薬ってなんですか。それから……この匂いはなんですか」

こうしている間にも、噎せ返る匂いに頭がおかしくなりそうだった。いや、もう既におかしくなっている。

「この匂いのせいで、知らない奴らに追いかけられた……」

「追いかけられた？」

「予定より早く着いて駅前にいたら、声をかけられて」

あのときは、理由もなくただ絡まれたのだと思った。でも今この状況になってみると、そうではなかっただろうことがわかる。

キーワードは「匂い」。

『これ、か？』

『よく知らねえが、この匂いだ。間違いない』

彼らは「ラン」を捜していた。そしてランだと決定づけた理由が「匂い」だった。日本を訪れるまで、周囲が自分の匂いに反応している様子はなかった。あの男たち以外の誰も、反応していなかった。

でも今、自分を抱き締めている男は、ランの「匂い」に気づいている。

「金の瞳って、なんなんですか」

真正面から相手の瞳を見つめると、完全な「金」色ではないことに気づく。琥珀色というべきか、アイボリーが近いか。

象牙の如く透き通った白い肌と銀色の髪のせいで、虹彩が輝いて見える。

目の前に立つ相手は紛れもなく男だ。百七十五センチ前後あるランが見上げる位置にある顔は、綺麗という形容がこれ以上ないほど相応しい。

面長な輪郭、真っ直ぐな鼻梁、完璧なシンメトリーに配置された涼やかな瞳。髪と同じ、形のよい銀色の眉に、瞬きをするたびに揺れる長い睫毛。

奇跡のような姿を前に、自分は浅ましい感情を覚えている。

理性を保ち、懸命に言葉を捻り出しているが、まさにぎりぎりの状態で、さらに質問をつけ加える。

「貴方は、誰、ですか」

ランを包み、吸い込むことで体内に入った匂いの持ち主。

最初は体への刺激だった。全身を満たした匂いが、ランの感情までも支配していく。

「……フェンリル」

「フェンリル？」

この男を初めて目にしたとき、思い出した絵本に登場した神の使いの名前。その名前を舌の上で転がした瞬間、ぞわっと全身が震え上がった。

「……っ」

必死に堪えていた感情の防波堤が決壊し、一気に溢れ出してくる。

摑んでいたフェンリルのコートから手を離し、その手で自分の体を抱き締める。

溶けそうなほど優しく全身に纏わりつく匂いが怖い。自分でも知らない感覚を目覚めさせようとする匂いが怖い。何より、そんな「匂い」を発する男が怖い。

「詳しい話は後だ。少なくとも私は君の敵ではない」

「ホントに？」

「駅前まで、君を迎えに行くはずだった」

駅前——突然蘇ってくる光景に怯えて、自分に向かって伸びてくる手を、ランは勢いよく振り払う。

「ラン？」

しかしすぐに腕を摑まれてしまう。

触れた掌から伝わる温もりが、過敏になったランの皮膚に痛みとなって容赦なく突き刺さってくる。

「放せ……放して」

全力で抗ったつもりなのに、力がないどころか甘えるような響きが感じられてしまう。

（なんでこんな甘ったるい声が……）

泣き出したい衝動に駆られる己に困惑する。

「落ち着きなさい」

「貴方もあいつらの仲間じゃないのか？」

手紙に記されていた待ち合わせ場所を、彼らは知っているようだった。あの男たちとフェンリルが仲間ではないと、どうして信用できようか。

「信じなさい。私は……」

「放せ……放して」

抗えば抗うほどにフェンリルと名乗った男の匂いがランに纏わりついてくる。そしてこの「匂い」が理性を溶かす。

路地とはいえ、男の背後をひっきりなしに人が行き交っている。交差点から逃げてきた男たちが、追いつくかもしれないと思った矢先。

「ったく、どこに行きやがった！」

不意に聞こえてきた声に、ランは全身を竦ませると、フェンリルの肩越しに、金色の髪が掠めていく。

「――凱」

小声で呟いたのちに、フェンリルは続ける。

「君を追いかけてきたのは、彼――ら、か？」

ランは頷くものの、急激に上がった息のせいで軽い呼吸困難を覚える。知り合いなのかと確認する余裕はなかった。

頭よりも高い位置で腕を捕らえられたまま、まるで蜘蛛(くも)の巣に搦め取(からめと)られた獲物のように、気づけばフェンリルの腕の中に抱き締められている。

「あの人たちが誰か知ってるんですか?」

震える声で懸命に問いかける。

「凱って、あの人たちの誰かの名前ですか?」

静かな声で逆に聞き返される。

「知っていると言ったら、どうする?」

ぐっと腹に力を入れた。

「なんでもします。だから、俺をあの人たちから護(まも)ってください」

フェンリルは自由になる手でランの目元を覆っていた長い前髪をかき上げていく。

露になる金色の瞳に、フェンリルの端整な顔が映し出される。

「なんでも……と、言ったか」

フェンリルはランの言葉を繰り返して確認してくる。唇をなぞる指先の動きの意味することを知りながら、ランははっきりと頷いた。

「――はい」

「その言葉、後悔しても知らないぞ」

心地よい甘い低音ボイスが耳殻を擽る。そのまま耳朶を食まれると、全身が大きく震えて膝から力が抜け落ちた。

「……っ」

がくりと落ちたランの腰を、フェンリルはあっさりと支える。回された腕に力が籠もる。そして重なり合った自分の腰が熱くなっていることに、いやでも気づかされる。

熱いのはランだけではない。ランを抱き締める男の腰も同様に高ぶっている。

「ラン」

どうして名前を知っているのか。

この男が、手紙にあった場所で会うべき相手だったのか。

オメガとは何か。どうして自分は、フェンリルの「匂い」に反応しているのか。

考えねばならないこと、知らなければならないこと、確かめねばならないこと。数え切れないほどあるはずなのに、思考力は消え失せている。

甘い香りに包まれて、意識が遠のきそうになる。

ランが瞳を閉じてやっと、触れそうでいて触れずにいたフェンリルの唇が、ランの唇に覆い被さってきた。

2

性的に未成熟とはいえ、経験がなかったからに過ぎない。体自体は成長し、性欲自体芽生えていないわけではない。

体に触れられれば反応するし、自慰の経験もある。ただ、他人に触れられたこと、触れた経験はない。

口づけも同様だ。

直近の記憶は、物心つくかつかないかの頃、母親からされたキスだろう。だが幼い頃の記憶も数える程度しかない。両親から愛されていると自信を持って言えるが、ある一定の距離を置いた関係だった。

成長するにつれスキンシップの機会自体減っていった結果、今に至っている。

でも今のランの反応は、経験不足から生じるものではないだろう。

ほぼ初めてのキスの感触に、免疫のないランは翻弄(ほんろう)されてしまった。

(柔らかくて熱い)

フェンリルのキスは、しなやかかつ優美な印象を裏切る情熱的なものだった。ひたすらにランの上下の唇を気が遠くなるほど味わい、視線が宙を彷徨い始めてようやく、ランの口を解放した。

そのあと、何がどうなったのか、ランはよくわかっていなかった。脳の中心を火で炙られたようなぼんやりした状態で、歩道脇につけられた黒塗りの大型車の後部座席に乗り込んだのはかろうじて覚えている。

魂を吸い取られたような状態で、運転者がいることも気にせず、自分からさらなるキスをねだってしまう。

はるか遠い場所に微かに理性はあったが、そんな理性を遠くに追いやったのは「本能」だった。

とはいえ、ラン自身、自覚してはいない。ただ突き動かされるままに動いている。

何かを思う前に体が動く。

(欲しい)

ろくに経験はなくとも関係ないらしい。頭の中がその浅ましく淫らな想いに満たされている。

「落ち着きなさい」

最初のうちは、フェンリルは多少ランを制止しようとしていた。だが意味がないと途中で認識したのか。もしくは、下手に押しつけて暴走するのを危惧したのかもしれない。ランの求めに応じるようになった。

そこからのランの記憶は定かではない。

気づいたときには、連れていかれた部屋のベッドの脇で、フェンリルの前に膝を突き、服の下から取り出された欲望に貪りついていた。

当然のことながら、これまで他人の性器に触れたことはない。それでも、本能に突き動かされるままに男の穿いているパンツの前を開いた途端、無意識に生唾を飲み込んだ。

それを躊躇と思ったのか。フェンリルはランの後頭部に手をやり、乱暴に己の腰に押しつけてきた。

「んん……っ」

完全に勃ち上がっていないにもかかわらず、フェンリルの欲望は想像以上に硬く熱い。中途半端に開いた唇の間に無理やり滑り込んできた途端、皮膚に伝わる明確な脈動に、ランの鼓動が重なった。

ドクドクという脈動を感じることで、どこか現実からかけ離れた存在に思えても、フェンリルも自分と同じ人間なのだと実感する。だがつけ根辺りに茂る叢は、髪と同じ銀色で、白い地肌から青い血管が透けて見えた。

これほどまでに美しいフェンリルが、どんな風に欲情するのか見てみたい衝動に駆られる。欲情させたいし、欲情したフェンリルを己の体に銜え込みたい。

(欲しい……)

舌の先で軽く先端を嘗め上げると、フェンリルの体に微かに力が入る。

「ん……ふぅ、ん……んっ」

(足りない)

まだまだこれからだ。

体も心もフェンリルを求めているが、微かに残る理性を手放すことを恐れている。

理性を手放すことで、自分がどうなるかも怖い。

それでも、全身を突き動かす衝動は堪えられない。腰から全身に広がる情欲を、舌全体を使い、フェンリルに伝える。

ただ体を繋ぎたいだけではない。

全身にできた快感の蕾を花咲かせ、実らせたい——初めて覚える得体の知れない欲望に戸惑いながら、必死にフェンリルを嘗める。

ねっとり舌全体を押し当て、先端までなぞっていく。抉れた部分を舌先で突き、愛液が溢れるのを見て取ると強く吸い上げる。

「……っ」

出会ったとき、作り物のように整っていた表情が、ランのもたらす刺激で明確に変化していく。

自慰すらろくに経験のないランにとって他人の性器がこうして勃起していく様を目にするのは、生まれて初めてだった。

手の中で硬度を増し、強くなる脈動に、生を実感する。

意識が朦朧としていても、夢ではない。これは現実だ。だからつい誤って歯を立てると、思っている以上に皮膚を突き刺してしまう。

「……っ」

頭上から聞こえる熱い吐息が、ランの鼓膜を揺らす。濃くなる匂いに包まれることでむず痒さを覚える。

ランはフェンリルを執拗なほど丹念に嘗め上げる。初めてにもかかわらず、これまでに何度も繰り返してきたかのように、丁寧に愛撫しながら、己の着ていた服に手を伸ばしていく。前開きの服を着ていればよかったと思ったのは、服を脱ぐためにフェンリル自身から口を離さねばならないことを知ったときだ。

だからぎりぎりまで吸いつき、一瞬の早業で上衣を脱ぎ捨てて、再びフェンリルにしゃぶりつく。

「……随分、美味そうな顔をしている」

フェンリルは優しくランの髪を撫でながら、頬に手を伸ばしてくる。そして己に吸いついたままの状態のランの顔を覗き込んでくる。

「欲しいか」

ストレートな問いに、ランは目線で応じる。頬にあった指が、顎を辿り首筋を撫でていく。優しい動きに、自ら頬を押しつけていると、ゆっくり立ち上がるように促された。そしてそのまま横抱きにされる。

「ベッドで存分に、君の欲しいものを与えてやろう」

耳朶を柔らかく食みながら、蕩けそうに甘い言葉が紡がれる。

熱い吐息に背筋が震えた。


身に着けていた服を一枚ずつ焦れったいぐらい時間をかけて脱がされる。うつぶせにされ頬をシーツに押しつけられ、腰を高く掲げられた。無防備に晒した双丘に、冷たい手が触れる。

「ひゃ……」

自分でも驚くほど甲高い声を発してしまい、ランは慌てて両手で口を押さえる。柔らかい尻を左右に開かれ、露になっただろう場所を指で撫でられた途端、さらに溢れそうになる声を指を噛むことで堪えた。

自分でも目にしたことのない場所を、フェンリルに見られている。それだけでなく触られている。小さな襞のひとつひとつを刺激されると、擽ったさから逃げ出したい衝動に駆られる。

無意識に内腿に力を入れてしまい、腰がぶるぶる震えてしまう。

（恥ずかしい……）

フェンリル自身を愛撫しているときは、自分がどんな格好をしているか気にする必要はなかった。でも今は違う。いまだ己の中に残る羞恥心がランの快感を煽ってくる。

「……っ」

ランの体を確かめるように動くフェンリルの指が、小さな窄まりの中心に突き立てられる。ぐっと力が入り、周囲の肉を圧迫しながら、指が中に「挿入」されるのがわかる。

「あ」

ランの体の中に、異物が侵入する。熱い内壁を指の腹で探られ、背筋を電流のような感覚が走り抜けた。

「んん……」

「どうだ。わかるか、私の指が君の中にあるのが」

ランの背中に折り重なったフェンリルは、耳朶を擽るようにして囁く。甘く熱い吐息に、露になっていたランの欲望が反応する。

「ここが気持ちいいのか」

揶揄するようなフェンリルの声に合わせ、中を弄るのとは異なるもう一方の手が、ラン自身にやんわりと触れてきた。

「……っ」

高ぶってくる先端を指で封じられ、声にならない声が体中を駆け巡る。

「駄目だよ、まだ。この程度で達していたら体がもたない」

耳の裏を嘗められて、背中を弓なりに反らし唇を強く噛む。急激に熱が腰に集まってくるのに、それを放つことができない。強すぎる快感は強烈な痛みのように、体の中で暴れ回っている。

「や……あ、指、やだ」

最初は小さな粒のようだった欲望が、解き放てないことで、急激に大きな波へと変化してしまう。

フェンリルの指はランの体内を無遠慮に探る。最初は明確な形があったランの体内は、フェンリルに触れられた場所から、どろどろに溶けて出した。同時に、微かに残っていた羞恥心を押し流してしまう。

「嫌じゃないだろう？」

ドクドク脈打ち、硬くなるランの欲望を扱きながら、フェンリルは中を探っていた指の数を増やす。

「あ……」

中で指の間を拡げられると、微かに外気が中に入ってきた。

（なんなんだ、この感覚……）

明らかな異物なのに、嫌だと思う以上に、もっと触れてほしいと思う。ラン自身知らない体の内側が、他人の手により変化させられる。肉を探られ過敏な神経を直接刺激される。自分でも知らない、隠されていた欲望が、少しずつ目覚めていく。

「や、だ……も、苦しい……っ」

自分で自分が制御できない。

「少しだけ我慢しなさい。すぐに、何も考えられなくなるぐらい気持ちよくなる」

布越しに触れていたフェンリルの体を直に感じる。いつの間にかフェンリルは着ていたシャツの前を開き、先ほどランが口で愛撫した猛った欲望を、閉じた内腿の間に押しつけてくる。

火傷しそうに熱いものが、快感を堪えて小刻みに震える内腿の間に、割って入ってくる。艶(なま)めかしい熱い脈打ちに、「ひゃ」と驚きの声が溢れた。

「そのまま、膝を閉めて」

開きたくなる膝を閉じるよう促され、言われるままに従うと、フェンリルはゆっくり腰を前後させてきた。

ずるりとフェンリル自身が動くのに合わせ、ランの腰が疼(うず)く。

「や……何、これ……」

「想像してみなさい。これが、君の中を擦(こす)る様子を」

フェンリルは腰の動きに合わせ、指を前後させる。

未知の感覚にランの思考が混乱している。自分の中にあるのは指なのに、フェンリルの性器が挿入(はい)っているかのように思えてくる。

「君の中は熱い……」

「や……」

ぐっと挿入して内壁に爪を立てられる。

「きつく締まって」

そこを軽く引っ掻いてから、ぎりぎりまで引き抜かれる。

「私を食いちぎりそうだ」

「あ、んっ」

また奥まで進んだ指をぐるりと回される。

緩急織り交ぜ体内で蠢く欲望に、ランの体の中も乱れていく。

「気持ちいいか」

耳元で尋ねられて、訳もわからず必死に頷く。

「私が、中に、欲しいか？」

さらなる問いにも夢中で頷く。そうしなければならないように。

何をするか頭でわかっていても、実際に言葉にされると、すべてがリアルになる。

指ではなく、先ほどランがしゃぶりついていたフェンリルの欲望が、今度はゆっくり自分の中に入ってくる。

指で解されたとき、最初は違和感を覚えた。それなのに、今はなぜかもどかしさを覚えている。

中で動かされるたび、腹の奥がきゅっと収縮する。

ざわめき出した細胞が、これから訪れるだろう感覚を予想して蠢いている。

体が勝手に反応してしまう。

ランを支配しているのは、未知の快感への渇望であり、フェンリルだ。

ランを見つめる琥珀色の瞳。銀色の髪。透けるように白い肌。これまで生きてきた中で、最も美しい存在。甘く淫靡な香りでランを包み翻弄する。あまりに芳しく、眩暈を覚えるその匂いに満たされていると、自分でも予想しなかった言葉を口走りそうになる。甘美な誘惑に抗えない。

「欲しいか？」

ランはまた頷いた。先ほど聞かれたときにも意志は伝えている。だがそれではまだ足りないらしい。

「言葉にしなさい」

強い口調で命令される。穏やかな笑みを湛えつつ、有無を言わさぬ強さを孕む言葉に、ランは当たり前の如く従ってしまう。

「欲しいです」

「何が？」

「フェンリルさんが……」

ランは背後を振り返り、そこにいるフェンリルに視線を向けた。すぐそこにいるのに、どこか夢を見ているように思えてしまう。

「仕方がないな」

ふっと笑ったかと思うと、指の代わりに猛って熱い肉の塊がそこに押しつけられる。狭いところを押し開き、抉ってくる。

「……っ」

瞬間、目の前が真っ赤になった。

想像していた以上の衝撃に、ランは息を呑んだ。全身に力が籠もり強張っても、フェンリルは侵入を諦めはしない。

「力を抜きなさい」

落ち着いた口調で促されるが、自分の意志でどうかなるものではなかった。だからランは首を左右に振る。

「無理……や、あ……」

強張った場所を引き裂くように、硬いものが体内へじわじわ突き進んでくる。必死に抵抗する内壁が擦り上げられ捲られるのがわかる。

「や、あ……っ」

(熱い。腹の中が焼ける……)

苦しいのにその苦しみは消えない。

自分が望んだ。わかっていても苦しいものは苦しい。

「ああ……ん、んんっ」

シーツに嚙みついて、必死に堪える。溢れる唾液で濡れた布が気持ち悪いが、何もせずにはいられない。

「力を抜きなさい」

そんなことを言われても無理だ――心の中で訴えようとしたとき、するりとフェンリルの手がランの前に回ってくる。

先ほどまで先端を封じられていたランの欲望は、フェンリル自身を挿入する段になって解放されていた。そこに、再びフェンリルの手が伸びてくる。

全体をふわりと握られ、根元から先端まで、優しく指が一本ずつ添えられる。

「ひゃっ」

直接的で強烈な刺激に、ランは頭を上げて声を上げた。ぶるっと全身が震え、背筋を這い上がった快感が一気に脳天まで突き抜けていく。その反動で力の抜けた腰を、フェンリルが突き進んできた。

「挿入って、くるっ」

ずるりと内臓が押しやられ、とてつもない圧迫感がランの全身に広がる。目一杯ランの中を押し広げ侵食し溶かしていく。

初めての感覚にランの体内が凄まじい勢いで変化していく。

「フェンリルさんが……奥まで……」

痛みだけではない感覚が生じ、己を貫く欲望の形で、はっきり脳裏にフェンリルが浮かび上がる。

狭い場所を押し開き、纏わりつく内壁を擦り上げ、そこで生まれた熱が快楽となって体の中に染み渡っていく。

じわじわと、芯の部分から、悦楽の渦が湧き起こる。ずっと奥を突かれると、「あ」と声が零れる。

繋がった部分からどろどろになって、二人の体がひとつになってしまう。

(どうしよう……)

「気持ちいい……」

信じられないほどに。

その快感で体が揺れる。

握られた欲望をもっと強く擦ってほしい。何も考えられなくなるぐらい、扱いてほしい。そして体の中からも、悦びを与えてほしい。

「どこが気持ちいい?」

ゆっくり腰の角度を変えながら問われても、そんなことはわからない。どこもかも気持ちいい。どこもかも刺激してほしい。

「全部……全部、です」

触れられた場所。

擦られた場所。

抉られるところも突かれるところも、フェンリルの触れているすべてが気持ちいい。

優しい愛撫より、激しい熱が欲しい。

「もっと……」

欲しい。

でもそれをはっきり言葉にするのが怖い。どこかに残っている羞恥と理性のせいで、欲望を完全に解き放つことができない。

欲しいのに。

めちゃくちゃにしてほしいのに。

快楽で何も考えられなくなりたいのに。

「もっと、なんだ？」

耳朶を嘗められ、耳殻に舌が伸びてくる。ぞわりとした感覚がランの理性を食い尽くそうとしている。ピチャリという鼓膜を揺らす水音にも下肢が疼く。

触覚や嗅覚だけでなく、フェンリルは聴覚からもランを愛撫する。

舌の小さな突起のひとつひとつが、細胞のひとつひとつを突いてくる。ぴったりと合わさって、ランを逃さない。

気持ちいい。よくて、よすぎて、我慢できない。

「もっと、強く……」

ランの望みに応じるべく、フェンリルが背後で笑った。

「あ……あ、あ、あ」

絶え絶えの息の中、短い声を上げながら、激しく腰を揺らす。

両手はフェンリルの手に囚われている。それも指を一本ずつ絡めた状態で強く握り、双丘の狭間にはフェンリルの欲望を銜え込んでいる。

強烈な異物感を覚えるものの、それ以上にそこから生じる快感が大きい。

グチュグチュという猥雑な水音と、肌と肌が触れ、ぶつかり合うことで生まれる音が、部屋の中に広がっている。

「いい……気持ち、いい、気持ち、い……」

自分でも、何を言っているのかよくわからない。とにかくフェンリルと繋がった場所から背筋を這い上がる悦楽で、言葉が溢れてしまう。強く繋がりたくて、激しく腰を押しつける。

「そんなに気持ちがいいのか」

フェンリルは己の腹の上で激しく弾むランの欲望に、手を握ったまま伸ばしてきた。

「……触らない、で……」

自分の手で自分の性器に触れた瞬間、ぶるっとランの体が震えた。既に何度も解き放っているにもかかわらず、再び白い蜜を溢れさせてしまう。

「あ、んん……ああ……」

自分の体に何が起きているのか。理性が溶けた状態でも、どこか他人事のようにランは考えてしまう。

だが考えようとしたところで、全身に広がった快楽に流されてしまう。性器への直接的な愛撫だけでなく、体のすべてが性感帯になったかのように気持ちよくなる。

皮膚という皮膚が、細胞という細胞が、悦楽を欲している。

「触らなくていいのか？」

既に何度も繰り返したやり取りを、ここでも強いられる。

意地悪だと恨めしく思いつつも、そこで意地を張るだけの余裕はない。フェンリル自身を銜え込んだ状態でも足りない。

このままもっと激しく強く中を擦ってほしい。

「嫌だ……」

「何が嫌なんだ？」

「……触って」

消えそうに小さな声で、でもはっきりと欲望を言葉にすると、フェンリルに握られていた手をそのまま己の下肢へ導く。

自分で触るより、フェンリルに触ってもらいたい。ひんやりとした細い指先のもたらす感覚が、たまらなく気持ちいい。

腰を上下させるたび、フェンリルの腹の上で何度も吐精して尚、萎えることなく硬いままだった。そんなラン自身にフェンリルは人差し指を伸ばして、浮き上がった血管をなぞってきた。

軽く圧迫されるだけで、強烈な刺激が体に伝わる。あっと思う間もなくドクッと大きく脈動すると、そこに集まっていた熱を一気に吐き出した。

「ああああぁ……っ」

どろりとした液体が、綺麗なフェンリルの指を汚してしまう。芽生える背徳感が、悦楽になる。

何度放ったかもわからないのに、まだ欲望が溢れ出してくる。まだ足りない。もっと欲しい。

「まだこんなに残ってるのか」

フェンリルはそれを自分の腹に伸ばしてから、握っていたランの手を解放した。そして嘲笑うように、ゆっくりランの顔の前へ濡れた指を掲げてくる。ランは当たり前のように、その指にしゃぶりついた。

「ん……」

自分が立てるぺちゃぺちゃというやらしい音が、ラン自身を煽る。

(欲しい)

我が儘で贅沢になっていた。本能と欲望の赴くまま体を前に倒し、フェンリルの唇を求める。繋がったままの腰を揺らしながら、舌を伸ばす。

淫らなランの望みに応じるべく、フェンリルもまた舌を伸ばしてくる。

ろくにキスもしたことがなかった。それなのに、舌を絡め互いの唾液を交換する濃厚なキスまでも覚えてしまった。

思うようにはならない他人の舌。その舌に顎を刺激されることで生まれる快感。喉を上下させ、溢れる唾液を懸命に飲み込む。それでも間に合わず顎を伝った唾液が、ランだけでなくフェンリルの肌を汚す。

しかし、体を濡らしているのが、汗なのか唾液なのか、それとも精液なのか、もうわからなくなっていた。

清廉で高貴さすら感じられる美しい人を、自分の欲望で穢している。その事実が、不思議なほど悦びを強くする。

激しくなる腰の突き上げのせいで、舌の動きがおろそかになる。

「どうした。もう終わりか?」

揶揄する声に、ランはムキになる。激しく腰を浮かせると、中に放たれた蜜がいやらしい音を立てて溢れてくる。ぬるりとした感触が、ランを動きやすくして、体内のフェンリルをさらに奥まで導いていく。

「そ、こ……や、だ」

ぐっと背中を反らした瞬間、フェンリルの先端が奥に滑り込む。繋いでいた手を乱暴に離し、フェンリルから逃れようとした。

だがそんな反応をフェンリルが見逃すわけもない。

腰を痛いぐらいに掴(つか)んで、体を起こしてきた。あっと思う間もなく体勢が変わり、ランの背中はベッドに押しつけられた。

繋がったまま、両脚を高く掲げられ、フェンリルの顔の横に太腿(ふともも)があった。どちらが放ったかわからない液体に濡れた内腿には、吸い上げられたために浮かび上がった赤い痕(あと)が点在している。その痕を辿るようにフェンリルはキスしながら、腰を突き上げてきた。

上から強く貫かれることで、また挿入が深くなる。そして今しがた辿り着いた「深い」場所に、先端が突き進んでくる。

「……そこ、深い……苦しい……駄目……いや、ん、ん……」

自分の体の中で何が起きているのかわからなかった。苦しくて辛(つら)いのに、とてつもない快楽も生まれている。フェンリルが辿り着いた奥深いそこが、悦びに打ち震えている気さえする。未知の感覚すぎて、わけがわからない。

「や、あ、あ、んっ」

最初はただ触れているだけだったのに、異物を吸い上げるように反応する。そうすることで、フェンリルの先端がランの中で楔のように引っかかる。

「そんなに、締めつけるな……」

どんな状態でもどこか余裕を見せていたフェンリルの声が上擦った。上気した頬や噴き出す汗を見て、初めて焦りのようなものが感じられた。快感ゆえに霞む視界の中、フェンリルの姿が幻のように思える。

何をしても、フェンリルがランの体内で動かない。奥に引っかかったままそこで大きくなっていく。

左右に揺れ前後に揺すられる。

擦れ合ったままの内壁が、どろどろに溶ける。

爛れた場所が、フェンリルに纏わりついて、ひとつになるように思えた。

「このまま、君の中で溶けてしまいそうだ……」

「俺も……」

ランは掠れた声で訴える。

「溶けてしまって、貴方とひとつになりそう」

はっきりと言葉にすることで、より自分の体の変化が明確になる。自分とフェンリルの境界がわからない。そのぐらい深いところで繋がっている。それでももっと深くまで進んでほしい。どこからどこまでが自分で、どこからフェンリルなのかわからなくなるぐらい。

そんなことを考えながら、ランは何度目かわからない極みに達した。

3

高い天井から部屋を照らす豪奢なシャンデリアに、壁に飾られた巨大な絵画。繊細な彫刻の施された天蓋つきのベッド。

その中央で目覚めたランは、自分がどこにいるかしばし理解できなかった。

「……夢、見てるのかな」

無造作に目元を握った拳で擦り、再び引っ張ったシーツの中に潜り込んで背中を丸めた。襲ってくる睡魔に取り込まれるまま、眠ってしまおうかと思った。

(甘くて優しい匂いがする)

シーツに残る香りを堪能する間もなく、被ったシーツをはがされてしまう。

「あ」

「シャワーを浴びてきなさい。右手の扉の先にバスルームがある」

背後から陽射しを浴びる男の姿は、神々しい。

銀色の長い髪に、端正すぎる美貌。夢のようでいて、夢ではない。フェンリルと名乗った彼の存在が現実ということは、今朝までの記憶も現実ということ。

その事実を認識した途端、ランは夢の世界から現実の世界へ引きずり戻された。

「その間に着替えと朝食の準備をさせておく」

シフォンだろうか。風に揺れる柔らかい生地のシャツに細身のパンツを合わせたフェンリルは、美しい顔立ちそのままの冷ややかさの感じられる口調で言い放つ。

しばしその顔を眺めているうちに、冷静さを取り戻したランは、己の格好に気づく。格好も何も、まさにフェンリルの匂いを素肌に纏っているだけだ。羞恥を覚えるものの、今さらだ。

ホテルの部屋にでもいるのかと思っていたが、どうやら違うようだ。

バスルームへ向かおうと、勢いよくベッドを下りる――つもりだった。「だった」というのは、絨毯に足を着いた途端、急激に力が腰から抜け落ちてしまったからだ。

「どうした?」

ドサッと、重たい荷物が落ちるような音に、窓際にいたフェンリルが気づいた。

「な、んでも……」

ない、と言うよりも前に、フェンリルは無様にも絨毯の上でしゃがみ込むランの姿に気づいてしまう。

「大丈夫です。ただちょっと足が縺れただけで……」

「君は嘘が下手だな」

フェンリルは表情を変えることなく言い放ち、なんの躊躇もなしにランを抱え上げる。シーツに染み込んでいた、優しい柔らかい香りがふわりとランの鼻を掠めていく。

「あの、一人で歩けるので……」

「意地を張る必要はない。何度もこうして君をバスルームに運んだのが誰か、忘れたわけではないだろう?」

吐息交じりの艶めいた声色で、ランの体温が上昇し鼓動が高鳴ってくる。

「あれだけしたのに、まだ足りないのか」

足の間で変化するランにすぐ気づいたのだろう。揶揄の感じられる口調で、ランの顔が熱くなる。

フェンリルは揶揄っただけかもしれないが、まさに図星だった。自分でも信じられないことに、ランはまだフェンリルを欲している。

「これは、条件反射です」

言い訳にもならない言葉を口にして、かなり無理やりフェンリルの腕から逃れた。そしてバスルームに一人で入って内側から鍵を掛ける。

「鍵を閉めるのは構わないが、バスタブで寝ないように」

「寝ません」

強い口調で返し、バスタブに入って頭の上から熱い湯を浴びる。髪を濡らし背中を辿っていく水流から、まるでよく研いだナイフで傷つけられたような痛みを覚える。慌てて鏡越しに背中を見た。

「……うわあ……」

肩胛骨の下から腰、臀部に至るラインに、何本も蚯蚓腫れができていた。それだけでなく、いくつも内出血している場所がある。よく見てみれば、胸元や内腿から全身に、情事の痕が広がっていた。

そこに手を伸ばせば、一瞬にして昨夜の記憶が蘇ってくる。

体の奥深い場所までフェンリル自身を銜え込んだまま、甲高い声を上げてよがっていた。立っていると、体内に残っていたフェンリルの放った残滓が内腿を伝ってくる。

生温かく滑った感触で、肌に残る記憶が蘇り、体が疼いてしまう。

「……考えるな」

勃ち上がりかける己を必死に戒める。

このままバスルームから出られなくなってしまう。だから体に残る汚れをなんとか洗い流して、冷たい水を頭から浴びた。

寒さに凍えそうになって、やっと、我に返ることができる。

「あれは……夢だ」

現実だと知っていても、夢だったのだと言い聞かせる。体がフェンリルを欲しがっているのも、嘘だと思い込ませる。

大きな鏡の前で、自分自身にも言い聞かせる。

「何もなかった。何もなかったんだ」

フェンリルに指摘されても、忘れたふりをする。酒に酔っていたわけでもないが、無理矢理忘れたふりをする。

用意されていたスウェットパンツとTシャツに着替えてから部屋へ繋がる扉を開くと、芳しいコーヒーの香りが漂ってきた。

(広い部屋だ)

見回すと、フェンリルは窓際にセットされたテーブルの前に腰かけ、ぶ厚い書類束に目を通していた。

朝の陽射しに光る銀色の髪を見ていると、胸の奥が強く鼓動してくる。絵本に登場した、神の使いとされた、白い狼、フェンリルという名前が、似合いすぎている。

「――出たのか」

己に向けられる視線に敏感なのか。フェンリルはバスルームから出たすぐの場所で立ち尽くすランに気づいた。

「食事の用意ができている。食欲はあるか?」

「はい……」

「それならこちらに来なさい。コーヒーでいいか？」

フェンリルは立ち上がり、ランの朝食の用意をしてくれる。

驚くほどに穏やかな空気に、ランは慌てて駆け寄る。

「すみません、自分でやります」

「いいから、君は座っていなさい」

言われるままに、ランは椅子に腰を下ろす。

テーブルには、香ばしく焼かれたベーコンと目玉焼き、彩りの美しいサラダ、オレンジジュースとコーヒーが置かれていた。

さらにナプキンを敷かれた籐籠の中には、焼き立てのデニッシュやクロワッサンが盛られている。

「好みに合わないようであれば、他の料理を用意させる。君は日本人、だな。米のほうがいいか」

「いいえ、充分です。いただきます」

ランは慌てて籠に盛られたデニッシュに手を伸ばす。上目遣いでフェンリルの様子を確認しつつ、手にしたデニッシュにかぶりつく。

サクッとした感触のあと、濃厚なバターの味が口に広がる。

「……美味(おい)しい」

急激に空腹感が広がる。

「それはよかった」

ランの様子をずっと眺めていたフェンリルは、その言葉に安堵(あんど)したように柔らかな笑みを浮かべた。

「二日近く、まともに食事をしていなかったのだから、相当腹が空(す)いているだろう」

続く言葉に、ランは動きを止める。

「ここへ来たのが一昨日。そのぐらいだろう？」

「ここは、どこですか」

「広尾(ひろお)という場所にある、私のマンションだ」

フェンリルは平然と言い放つ。だがランは平然としていられなかった。

（要するにほぼ二日、ここで過ごしたということか）

途中で時間の感覚はなくなっていた。とてつもなく濃厚で長い時間を過ごしている自覚はあった。

それでも、二日も経っているとは思っていなかった。それもその間、していたことといえば……。

もちろん、まったく食事をしていなかったわけではないし、眠っていないわけでもない。ラン自身は、何度か意識を失っている。おそらくそういう間に、今回のようにフェンリルが食事を用意させたのだろう。

朦朧とした中で、親鳥よろしくフェンリルの与えてくれる食事を、雛鳥であるランは口を開けて待った。

だが二口も食すと、食べ物よりもフェンリルの指に食いついた。無意識に歯を立てて怒られても、甘えて指を嘗め続けた。

そして――。

(駄目だ。今は思い出すな)

想像するだけでも淫らで愚かな姿を、必死に振り払う。

己を戒め、現実を見据えるべくフェンリルに視線を向ける。

(綺麗な横顔だ)

改めて実感する。とにかく、フェンリルは綺麗だ。他の形容は思い浮かばない。

ランの母はかなり美人だった。そんな母似のランも、幼い頃からしばしば綺麗だと言われてきた。だがフェンリルを前にすると、真の美はどういうものかを認識せざるを得なくなる。

神の使いで、霞を食べて生きていそうな、欲とは無縁な存在に思える。だがそうでないことを、ランは己の身をもって証明させられてしまった。

（夢、じゃない）

夢であればどれだけよかったか。

想像以上に甘くサクサクした食感のデニッシュを咀嚼するランの脳裏に、おとぎ話の登場人物、それも主人公といってもおかしくないだろう王子様然とした男との情事がまた蘇ってくる。

セックスではない。あれは情事だ。

何事もなかった風を装ってはみても、身に着けた服の下には、濃厚な行為の痕が全身に広がっている。食事に集中したくても、淫らな姿が思い出されてしまう。

それでも何度も蘇りかける記憶を封じ続ける。そして飲んだコーヒーで口の中のパンを流し込んでようやく、本来の思考が戻ってくる。

そして改めて考える。

自分はどうして「ここ」にいるのか。

両親と別れ日本を訪れた。そして足を踏み入れた渋谷で、事態は動いた。

ランを捕らえようとした輩から覚えた臭いと、彼らから逃げた先で出会ったのが、フェンリルだ。

（あれはなんだったんだ……）

冷静さを取り戻しても、あのときに何が起きたのかまったくわからない。

金色の瞳。匂い。オメガ。

『知らないわけがないだろう。これほどまでの匂いを放っていて……』

フェンリルはランの名前を知っていた。

そして「匂い」のことも知っている。

ランはカップの中のコーヒーをすべて飲み干してから、ゆっくり息を吐き出した。

「……フェンリル、さん」

名前を呼ばれた銀色の麗人は、ゆっくり顔を上げる。

「なんだ」

「貴方は、誰なんですか」

ランは慎重に言葉を選んだつもりでいた。だが考えすぎた結果、ものすごく直球になってしまう。

「誰、とは？」

機嫌を損ねた風もなくランの質問を返してきた。

「俺の親が頼ったのは、フェンリルさんだったんですよね？」

「正確に言うならば、否、だ」

「……え？」

「君の両親が頼ったのは、私の『家』だ。私は家の当主として、同族の求めに応じただけのこと」

「……同族？」

「しかし、まさか君が『オメガ』だとは思いもしなかった。少なくとも私たちの知る限り、『オメガ』は過去の事実となっていたから」

ため息交じりに告げられる言葉の意味が、ランには理解できない。

「冷静に考えるならば、事前に『オメガ』と知らせなかったのは賢明だったかもしれない。君の存在自体が特異だ。それゆえ、君との接触は完全に極秘事項としてごく一部にしか知らせていなかった。にもかかわらず、一昨日のように私たちを出し抜こうとする者が現れたのだからな」

寄せられた眉間に、フェンリルは長く細い指を添えた。

伏せられた瞼を覆う長い睫毛から生まれる陰影が、なんとも艶めいている。

「いずれにせよ、宴の前に判明したのは、不幸中の幸いだといえるだろう。期間は短いが、多少なりとも今後について検討できる」

フェンリルは目を通していた書類をテーブルに置く。

「あの……」

フェンリルが何を言わんとしているのか、ランには理解できない。説明を求めようとしたとき、扉をノックする音が聞こえた。

「フェンリル、俺だ」

聞こえてくる低い声に、フェンリルは「入ってくれ。待っていた」と応じる。

「え？」

ランは咄嗟に身構える。

重たい扉が押し開かれ、その間から姿を見せたのは、全体的に黒い印象の男だった。

身長はおそらく、フェンリルと同じかそれ以上だろう。だが全体的にがっしりとした体格と身に着けた黒色のせいか、かなり大柄に見える。漆黒の髪は肩口まで伸びている。

「ようやく鎮まったのか」

怪訝な表情を見せての問いに「一応」とフェンリルは応じる。

「匂いで、わかるだろう？」

男はぶっきらぼうな態度で、手にしていた小さな袋をテーブルの上に置く。

「頼まれていたものだ」

「ありがとう。もらうとき、何か言われたか？」

「いや」

「さすがに君は他の面々からの信頼が篤いな」

「お前ほどではない」

短いやり取りからは、素っ気ないながら、二人の親密度がうかがい知れる。

面長で落ち着きのある雰囲気は、どことなくフェンリルと似ているように思える。

「紹介しよう。彼はヴァナルガンド・ウルフハイブリッド」

「ヴァルナガンド……」

「ヴァナルガンド、だ」

ランの誤りを、男は眉ひとつ動かすことなく自ら訂正する。

フェンリルの横に立つと、二人の対比が鮮明になる。白と黒、いや、銀と黒か。

「我ら、狗の一族において、剣の役割を担っている」

「い、ぬ……？」

そして、剣。

ヴァナルガンドは何を言っているのか。

「イヌ、って、なんですか」

ヴァナルガンドはフェンリルに顔を向けた。

「どういうことだ？」

「私にもわからない」

肩を竦めてから、フェンリルはランに向き直る。

「ラン。君は両親に言われて、日本にやって来たんだろう？」

「はい」

「その理由について、もしくは自分のことについて、両親から何を聞かされている？」

「何も聞いていません」

ランは首を左右に振る。

「何も？」

「はい」

ランの返答を聞いたヴァナルガンドは、額に手をやった。フェンリルは小さく頷き、再度質問してくる。

「これまで君がどうやって暮らしてきたのか、簡単でいいから教えてくれないか？」

「はい。あの、幼い頃から、人目を避けて隠れるように、住む場所を転々としながら過ごしてきました」

「今回私に会いに来るに当たって、何をどう説明された？」

「十八になるから、両親と離れる必要がある、と。そして二人と別れたら、この手紙に書かれた場所へ向かうように言われました。そこで俺を助けてくれる人に会える、と……」

「それだけのことで、君はたった一人で、日本に来たのか？」

ランは頷いた。

「いずれ両親と別れるだろうことは幼い頃からわかっていましたし、何か秘密があるだろうこともわかっていました」

だからなんの疑問も抱かなかった。

「その秘密が何かは知らない、と」

「はい」

フェンリルとヴァナルガンドは、互いに目を見合わせ、同時にため息を漏らす。

「あまりに無責任ではないか」

「そんなことありません」

ヴァナルガンドの吐き捨てるような発言に、ランは強く反論する。

「両親は俺を慈しみ愛してくれました。ひとつの土地に長居しないため、友達はできませんでした。でもその分、両親からたくさんのことを学びましたし、数多くの土地を自分の目で見られたことを幸せに思っています」

両親が自分に秘密にしていることがあったのは事実かもしれない。とはいえ、両親が自分を愛してくれたことも事実だ。秘密にしていたことがあるのも、両親なりに、ランに伝えるべきではないと考えたからだろう。もしかしたら、一生知らなくてもいいと考えていたかもしれない。

そんな両親を批判されるのは許せない。

「失礼なことを言ってしまい申し訳ない。ヴァナルガンドに代わって私が詫びる」

「フェンリル、我は……」

「君の言わんとすることもわかる。だがランの気持ちも汲むべきだ」

頭を下げてくるフェンリルの姿に、ランは驚いた。

ヴァナルガンドも同じだったのだろう。頭を上げさせようとするが、フェンリルはそれを拒んだ。

ヴァナルガンドは不服そうだが、どうやらフェンリルの意志には逆らえないようだ。

「君の両親は、君には何も伝えずに済むことを望んでいたのかもしれないな」

フェンリルはランの想像したのと同じことを口にする。

「何かはわかりませんが、俺もそう思いました」

ランの同意にフェンリルは頷く。

「だが現実は異なる」

そして言葉を続ける。

「君は両親のもとから離れ、両親は君の身を私たちに託した。それはつまり、秘密を秘密のままにしておけないと君の両親が判断したからに他ならない」

それは否定できない。

「だから私たちは、君に狗と称される一族に関する説明を一からする必要があると考えている」

「イヌというのはなんなんですか？」

改めて問う。

それが、秘密なのか。

「我々を我々たらしめる、古(いにしえ)からの言い伝えであり呪(のろ)いであり絆(きずな)だ」

古からの言い伝えや絆はともかく、呪いというのはなんとも物騒だ。

「複雑かつ曖昧(あいまい)な話だから、うまく説明できるかわからない。その話をする前に、改めて自己紹介をさせてもらおう」

フェンリルはすっくとその場に立ち上がる。合わせてランも立ち上がろうとするが、手で制されて座ったままでいた。

ラフな格好をしていても、陽射しを浴びた銀色の髪がなんとも美しい。

「私の正式な名前は、フェンリル・サーロス・ウルフホンド。二十八歳。サーロス・ウルフホンド家の当主を務めている。普段は米国を拠点にしている」

優雅に会釈をしてから、隣に立つ男に顔を向けた。

「彼はヴァナルガンド・チェコスロバキアン・ウルフハイブリッド。三十歳。一族の剣、つまり護衛部門を担当するウルフハイブリッド家の当主だ」

フェンリルの紹介ののち、ヴァナルガンドは無言で頭を下げてきた。そこでフェンリルは座り直す。

「私たちはいずれも、この世に存在する、オオカミに近いと称される犬の種類を家名にしている」

ニュアンスから、彼らの一族としての「イヌ」と、今の「イヌ」は、同じ音でも異なる意味があるように思えた。

「私たちの言う『狗』は君の想像する、家庭などで飼われている『犬』とは意味合いも形も性質も異なる。実際、狗だからといって、形が変わるわけではない」

「そう、なんですか……」

ランは思ったままの言葉を口にする。

「てっきり、映画などで目にする狼男みたいに、満月のときに毛が生えたり顔形が実際の犬に変化するのかと思っていました」

ついでに言うなら、お手やお座りをしつけられ、リードで引かれるフェンリルのような銀色の毛並みの犬を想像しかけていた。だからランは、咄嗟に「すみません」と謝ってしまう。

「謝る必要はない。犬の形に変化しないものの、それぞれ名乗る犬の種類はなんらかの形で影響はある」

「そうなんですか？」

「サーロス・ウルフホンドとチェコスロバキアン・ウルフハイブリッドは外見上、いわゆる狼によく似ている。毛質や体格は犬種に由来するものがあるのだろう」

「ヴァナルガンドさんの髪の毛は、ふわふわなんですか？」

ランの問いを受けて、フェンリルはヴァナルガンドに視線を向ける。

「どうなんだ？」

ヴァナルガンドは唇を一文字に引き結んだまま、ゆったりとした足取りでランの前まで向かう。そして頭を差し出してきた。

（これは、触れ、ということだろうか？）

思わず視線でフェンリルに救いを求めると、優しく頷かれる。

（触っていいのか……）

恐る恐る髪の毛に触れてみると、予想に反してふわふわしていた。さらに、フェンリルとは異なるものの、なんとも甘ったるい匂いが漂ってくる。だが、決してフェンリルのように、心ごと持っていかれてしまうような匂いではない。不思議なほど穏やかな気持ちになる。

「その辺で、ヴァナルガンドを解放してくれないだろうか？」

手触りのよさに、ついついわしゃわしゃ触り続けてしまった。されるがままに我慢していたヴァナルガンドの姿を見て、さすがにフェンリルが声をかけてきた。

「すみません！　ありがとうございました」

「……いや」

　ヴァナルガンドは低い声で言うと、フェンリルの元へ戻っていく。心なしか頬が赤らんでいるように見えるのは、気のせいではないだろう。照れているのかもしれない。

「話を戻すとする」

　しかしフェンリルの言葉で空気がピリッと張り詰める。

「なぜ私たちが『狗』と称しているのか、私自身、納得のいく説明をするのは難しい。ただ古の頃から、狗と称している理由はある。具体的な説明はヴァナルガンドに任せる」

　フェンリルは、彼らの一族である「狗」についての説明を、影のように背後に立つヴァナルガンドに託す。

　ヴァナルガンドはフェンリルに指示されるままに頷き、ランに向き直った。

4

「最初に我らの一族の代表的な家を紹介しよう」

ヴァナルガンドはそう前置きした。

「フィンランド在住の、タマスカン・ハスキー家。その血統にオオカミの血は流れていないが、ヒトとの繋がりを強く持ちその縁を利用して成りあがった新興勢力の家柄だ。最近当主になったアンテロはスポーツにも秀で、近代五種や馬術のオリンピック選手でもある」

世情に疎いランにはわからないが、オリンピック選手となると相当な腕前なのだろう。

「ルーポ・イタリアーノ家はその名の通り、イタリア由来の家柄で軍人一族で、我らの軍事部門を担当している。アメリカン・ツンドラ・シェパード家も名前の通りアメリカの有力企業を有する一族で、財務関連は彼らが担っている。世界の銀行と称されるほどの財力を有している」

ツンドラ・シェパード銀行は、ランもさすがに知っていた。口座を有していて、犬みたいな名前の銀行だと思っていた。が、「みたい」ではなくそのものだったとは思ってもいなかった。

「サルーキ・ガゼル・ハウンド家はアラビア出身だ。我らと同じく古くからある家柄のひとつだが、それゆえにヒトとの関わりをあまり好まない傾向がある。資源部門、要するに石油等の担当だ。ジャラーリー・アフガンハウンド家はアフガニスタン出身で、かつてはサルーキ同様に閉鎖的な家柄だったものの、当主が代替わりしてからは、宴にも頻繁に参加するようになっている」

アラブの二家の犬種は、ランもよく知っていた。

「最後に、日本の斯波家、それから凱家——そこに我らを合わせた家が、一族を代表する九家と称されている」

ランはその名前に反応して顔を上げる。

渋谷の駅からランを追いかけてきた男を見て、フェンリルは「凱」と言った。その凱と同じなのか。

「君を追いかけたという男は、おそらく凱の家の人間だ」

「どうしてそんな由緒ある家の人が、俺を……」

「それについては、これから追って説明する」

フェンリルがランを落ち着かせるべく説明を足した。

「だからまず、ヴァナルガンドの話を聞いてくれないか」

ここは否と言う状況にはない。

「すみません。続けてください」

ランは謝罪の言葉を口にする。ヴァナルガンドは頷いてから話を進める。

「我らは世界の中枢に位置し、表と裏の世界で世を操る種族である」

ヴァナルガンドは最初にそう断言する。

「土地や時代により、頭脳及び身体、容姿において他と比べ秀でたがゆえに、神と崇められ悪魔と虐げられていた我らの存在が知らしめられたのは中世の頃だ。人を死に至らしめる病が流行る中、我らのみが持ち得る何かが、いわゆるワクチンとしての効果を果たしたらしい」

突然にファンタジーの世界の話になってしまう。

「ワクチンって、どういうことですか?」

「我らの体液を注入することで、多くの人間の命が救われたのだ」

「単なる迷信じゃないんですか?」

「そう言いたくなる気持ちはよくわかる。実際我らも伝承として聞いているだけだ。だが我らのみが持つ特性があるのは事実だ」

「つまり本当に、イヌの人たちの持っている何かで病気が治るんですか?」

「極秘ではあるが、治る」

「それって……」

ランはごくりと唾を飲み込んだ。

「現在は一族の力を用い、その事実は伏せている。だが古の頃より我らの力を知る狂信的な信者が生まれるのと同時に、忌み嫌う存在も生まれた」

「どうして嫌われなければならないんですか」

「ヒトには、己と異なる存在を否定し、排除しようとする傾向がある」

「それは確かに」

「ちなみに一族とはいえ、九家すべては同じ血族ではない。それぞれの土地で同じ、もしくは似通った力のある者が、自分たちを護るために手を組んだ。そしてそれぞれの特性を生かしながら、地位と権力、さらに財力を得ていった。その結果、現在の状況に至っている」

表には出ないが、世界の鍵を握る一族——あまりに壮大な話ゆえに、現実味を感じられない。なぜなら、今回の話を聞かされるまで、狗と呼ばれる存在のことはまったく知らずにいた。

「俺がイヌと称される一族を知らないのは、人と関わらないようにしていたせいでしょうか？」

「それも一因だろうが、我らは我らを護るため、段階を踏んで表の世界から姿を消し、本質を隠し、別の形でこの世に存在しているためもあるだろう」

「自分たちの身を護るためなら、表の世界にいたほうが、下手に手を出されないいんじゃないんですか？」

その問いにはフェンリルが答える。

「君の意見も一理ある。だが先ほどヴァナルガンドが言っただろう？　かつて我らがワクチン的な効果をもたらしたと」

「はい」

「そのために、我らの肉体そのものを狙う輩が生まれたのだ」

「肉体を狙う？　誘拐とか？」

「そう。我らの何にワクチン効果があると明確になっていないにもかかわらず、肉体を食すればより大きな効果が出るのではないかと勘違いする者たちが出てきた」

背筋を冷たいものが走り抜ける。

「囚われ、屋敷に幽閉されるだけならまだましだ。人魚の肉が不老不死の秘薬だと思われたのと同じで、我らの肉が万病に効くとする狂信者たちに命を狙われるようになった」

想像をはるかに超えた話に恐ろしさを覚える。

「これまでには、実際に彼らに殺害された者もいる。それゆえ、君の言うように、身を護るために公に存在し続けるという意見もあった。だが奴らにしたら、表に出ていることは、ターゲットがどこにいるか自ら教えてもらっているに過ぎなかった。奴らから逃れるためと同時に、我らの存在価値を、十二分に世に知らしめられたからでもある」

　つまり。

「我らは既に世界の中枢に入り込み、ヒトの中に紛れ込み、内側から支配している、ということ」

「それを知らないのは、ヒトのみ、ということですか」

「そうだ。我ら一族の結束は強く、口も固い。なんらかの形で一族の秘密が外に漏れたとしても、公になる前に必ず九家には連絡が入り、世界各国に対し事前に報道規制を敷くことが可能だ」

　ある意味、それこそが世界の秘密なのだろう。壮大すぎて、現実味がない。

「しかし、ここで問題が生じた。ヒトの世界に溶け込んでいるということ。だがそれは同時に一族としての特性が薄れてきていることを意味する」

　ヴァナルガンドの説明を引き取ったフェンリルの眉間に、皺が寄る。

「ヒトと馴染んではいけないんですか」

　溶け込むことは、狗にとって本望なのではないのか。

ランの目から見て、フェンリルもヴァナルガンドも、目立つ容姿は別にして、ヒトと何がどう異なるのかはわからない。

「もちろん、いけないわけではない。実際、ヒトと混ざり合った種も多い。九家とて、百パーセントの純度ではない。だが九家以外はよりヒトと混ざり合っていて、半分も狗が残っていない状況だ。混ざることで生物として強くなる一方で、狗としての特性が消えてしまう可能性も秘めている。もちろん、近親との交わりを推奨しているわけではない。だがこの血統をなんらかの形で後世まで残すべきとする意見もある」

「ヒトとの間でも、イヌの特性を有する子は生まれるんですか？」

「ヒトの血が濃くなればなるほど確率は非常に低くなるが、まったく生まれないわけではない」

「生まれてすぐにイヌか否かはわかるんですか？」

「男ならば」

「尻尾が生えるとか？」

外見はヒトとなんら変わらないと言われているのに、そんなことを口にしてしまう。

「匂い、だ」

そんなランの問いにも、フェンリルは真面目に応じてくれる。

「我らには、独特の『匂い』がある」

フェンリルに視線で促されたヴァナルガンドの返答で、ランの心臓が大きく鳴った。

「匂い、ですか」

臭い、か。

「狗同士の場合に限って、年に二度、発情期がある。その発情期のときに発する匂いは、狗の因子が強いものしか感じられない」

「ヒトと混ざり合っていても、狗の特性が濃く出ていれば自身で匂いを発するだけでなく、匂いを感じることも可能になる」

ヴァナルガンドの言葉に、フェンリルが説明を加える。発情期という言葉で、急激に「イヌ」が得体の知れない生き物に思えてきた。

「ということは、十八歳にならないと、やっぱりイヌか否かわからないということなんですね」

「それは違う。狗の中にも、さらに優位種が存在する。我らはあえてそれを『アルファ』と称する。アルファの男は、十八歳にならずとも、同種を匂いで嗅ぎ分けることが可能なのだ」

ヴァナルガンドはさらに続ける。

「『アルファ』は狗の中でも数える程度しか存在しない。ちなみにフェンリルは、九家筆頭である、サーロス・ウルフホンド家の当主であり、かつ絶対的な『アルファ』でもある。我はそんなフェンリルの影であることを誇りに思う」

「ヴァナルガンド。君は私の影ではない」

フェンリルはわずかに眉根を寄せた。

「否。我が名がヴァナルガンドとなった段階で、我はお前の影となることが決定づけられている」

フェンリルの発言を、ヴァナルガンドは強い口調で否定する。

「ヴァナルガンド……っ！」

言い合いをする二人の間に流れる不穏な空気を破るべく、ランは無理やりに話に割って入る。

「あの、その匂いは同種ならわかるということですが、ヒトの間でずっと生活をしていて、両親もイヌでなかったら、当人はイヌだとわからずに一生を過ごすことになるんですか？」

「そうだ」

ヴァナルガンドが肯定する。

「特に女性に生まれた場合、匂い自体を発しなくなる。フェンリルが生まれた子すべての匂いを嗅ぐわけにもいかない。そのため、九家に生まれた人間は、婚姻した相手以外に、同じく他の八家の血を引く女性との間に子どもを生す義務を有する」

「なんですか、それ」

「ヒトとの間よりも、九家の血を引く女性との間のほうが、狗は生まれやすい。一族の血、狗を絶やさないため、必要な行為だ」

一族の血を絶やさないため、という大義名分の下で、婚外子を作ることが許可されているという事実に、ランの中に嫌悪が芽生える。

「それで……、俺にこの話をしたのは、どうしてなんですか」

「お前が我らの一族の一員だからに決まっているだろう」

ヴァナルガンドは呆(あき)れたように言い放つ。

「……俺が、イヌ、ですか」

いわゆる「犬」とは違う存在だと言われても、どうしても頭には尻尾をぶんぶん振って喜ぶ「犬」しか浮かばない。自分はどこをどう見てもそんな犬とは違う。

「そんなことあるわけないです。俺はイヌじゃないです。両親からそんな話、聞いたことないですし」

「確かに君は、狗ではない」

強い口調で否定したランの言葉を、フェンリルが肯定する。予想外の展開に驚きつつも、ランは安堵(あんど)した。

「そう、ですよね。冗談言わないでくださいよ。嘘(うそ)だと思っても一瞬すごく焦った……」

「君は狼(おおかみ)だ」

「…………え？」

続く言葉に混乱を極める。

「オオカミ？」

「君の両親が私に連絡を取ってきたのは、稀少な存在の狼の子孫である息子の君を保護するためだ」

「オオカミ……」

ランは同じ単語を繰り返す。

「イヌじゃなくてオオカミって、なんなんですか。まったく意味がわからないです」

「私も初めて君の両親から連絡をもらったときには、なんの冗談かと思った。狼は、私たちの間では存在自体疑われているからだ」

答えるフェンリルの表情は真剣極まりなかった。

「おまけに君の母親は、日本では完全に絶滅したといわれている、ニホンオオカミの生き残りだという」

「そんな、バカな話、聞いたことないです。俺の母さんがニホンオオカミだっていうなら、父親はなんなんですか。狼男ですか」

軽口を叩くより他なかった。嘘だと思いながら、どうしようもなく鼓動が高鳴ってくる。笑い飛ばしていないと血の気が引いていきそうだった。

「ハイイロオオカミの純血だそうだ」

（父さんと母さんが、オオカミ……）

「狼と狗は厳密には同じではない。だが私たち狗に刻まれた記憶が、狼に対し畏怖し敬意を払うよう仕向けている。狼が私たち一族より高位にあり尊ぶべき存在であり、その血を分け与えられることを至上の悦(よろこ)びとしている」

フェンリルに言ったように、両親の口から「イヌ」や「オオカミ」などという種族の話は聞いたことがない。もし本当にオオカミだったとしても、安易に話せることではないのだろう。

狼も狗同様、強い力を持つ。狼と狗は交配可能であり、より強くより濃い血の子を生すことができる。狗にとって狼の匂いは麻薬のように甘く危険だ、と。

こうして今聞いていても、まったく信じられない。イヌという存在があまりに曖昧(あいまい)すぎて、理解できないのだ。

ましてやオオカミとなったら、もし話されていたとしてもおとぎ話としか思えなかっただろう。そのぐらい現実味のない話だ。

それなのに、心が揺さぶられる。そうだったのかと納得しそうになる。

今までなんの疑問も抱かなかった日々が、突然幻のように思えてきた。

もしかしたらそうかもしれないと思ってしまう気持ちがあるのは、両親と過ごした日々のせいだ。

人目を避け各地を転々として暮らしながら、日本には絶対に足を踏み入れなかった。その理由は、母が日本の生まれだからだ。

傍から見てわからずとも、発情期のタイミングにオオカミと出会えば、母が同じオオカミだとわかってしまうからなのか。

「俺が両親の本当の子でない可能性だってある」

そんな気持ちを振り切るように、ランは思ってもいない言葉を口にしてしまう。

写真の一枚も手元には残っていないが、ランは両親ともに似ていた。二人から、愛されて育った。二人の本当の子でないわけがない。

それでも。

「もちろんそうだ。だから手紙だけで君が狼だと判断したわけではない」

ランの混乱を理解しているのだろう。フェンリルは穏やかな口調で語る。

「俺がオオカミだと判断した理由があるのか」

「ああ。まず名字。真上は、真神。日本における狼の異名や古名だといわれている」

そんなこと、知らなかった。

「下の名前もそうだ。狼という漢字は中国語ではランと読む。狼も狗と同じで、その名に一族の名前を刻む。君の両親は一族から逃れて生きていても、いつか訪れる日のため、名前を隠さなかったのだろう。いや、おそらく隠しきれないとわかっていて、同じ血の流れる者にはわかる名前にしたのかもしれない」

ラン自身知らなかった漢字の意味まで調べたのか。

「それから、君の瞳（ひとみ）の色だ」

指摘されて、ランはフェンリルの前で、目を隠していなかった事実を思い出してしまう。隠さないどころか、じっと相手を見つめてしまった。それも、何度も、至近距離で。

「金色の瞳は狼である証拠だ」

（そんなわけがない。俺はこれまで普通に人として生きて……きた、のか？）

「でも……フェンリルだって金色の瞳じゃないですか」

無駄な足掻（あが）きかもしれないと思いつつも言ってみる。

「私の瞳は金色ではない。琥珀（こはく）だ」

フェンリルは憮然（ぶぜん）とした様子で言い放つ。

「フェンリルが金色に近い瞳の色をしているのも、フェンリルが王に一番近い存在だからだといえる」

ヴァナルガンドがまるで自分のことのように、自慢げな表情を見せる。

「金色の瞳に近いことで、どうして王に一番近い存在になるのですか？」

「我らは名前が示すように、元々狼に近い種族である」

ウルフホンドにウルフハイブリッド。いずれにも「ウルフ＝オオカミ」が入っている。

「かつ、金色の瞳はオオカミのみが持つ色。かつ、この神々しい銀色の髪に白磁の肌。誰の目から見ても、フェンリルが神に近い存在、つまり狗の王たり得ることは明らかだ」

「ヴァナルガンド！」

フェンリルは静かな口調で誇らしげに語る男の名前を呼ぶ。

「どうした、フェンリル」

「先のことはわからない。何度も言っている」

「どうしてだ。現状を考えれば、お前以外に相応しい存在はいない」

「ランがいる」

フェンリルの視線がランに向けられると、追いかけるようにしてヴァナルガンドもランを見つめてきた。

「何を言うんだ。こんな、突然降って湧いたような存在よりもお前が……」

「彼は純血だ。それも、狼の」

フェンリルの言葉で、ヴァナルガンドは肩を竦める。

「確かにそうだ。だが、王となるために必要な条件は血統だけではない。お前だって、突然にこの世界に追いやられてきた存在に、我ら一族を統べられるわけがないことは、充分わかっているだろう？」

幼い子どもに言い聞かせるような言葉にフェンリルは唇をきゅっと噛んでから頷いた。

「わかっている――」

「まあ、我としては、そいつが王となったとしても、お前が伴侶になって子を作り、実質的に権力を握るのでも構わない」

「……伴侶？」

ランは目を大きく見開く。

そこで初めて、ヴァナルガンドがフェンリルとランの二人の間にあったことを知っている事実に気づく。

冷静に考えれば、知らないわけがない。

だがあり得ない出来事が続けざまに起きているために、ランの頭はまったく働いていなかった。

「あ……」

「血統のことなどどうでもいいと言い放ち、これまで、宴に参加しようとしなかった。そんなお前が、そいつを保護するためとはいえ、顔を出そうとした段階で、何かが起きるかもしれないと我は思っていた」

ヴァナルガンドは断言する。

「ヴァナルガンド。私は……」

「勘違いするな。我がそいつのことを調べたのは、そいつのためではない。お前が我に命じたからだ。かつ、真実を知って尚、我は王に相応しいのはお前だと信じて疑わない」

「何を言って……」

「確かに狼の血は重要だ。貴重な存在だと思う。だが貴重だからといって、それだけで王になれるのかと言われれば違う。狗がなんたるものか、我らがこれまでどう生きてきたか、この先どう生きていくか。それを知らないような子どもに、一族の将来や運命を任せるようなことはできないし、したくない」

ヴァナルガンドの声はそれまでとは異なり低かった。そこに込められた想いを知ってか、フェンリルは静かに視線を落としていく。

「――そして私には、一族を背負えと言うのか」

フェンリルは優しく、今にも泣きそうな表情で笑う。その笑みが向けられたわけではないランの胸も、痛いぐらいに締めつけられる。歴史も背景も責任もわからない。だから直接向けられた相手がどんな気持ちになるか、想像に難くない。

「お前一人にすべてを背負えと言っているわけじゃない。我はお前の影だ。お前が背負うものはすべて我も背負う覚悟でいる。忘れるな。純血の上にオメガのそいつは、我でもなく他の狗にでもなく、フェンリル、お前に反応した」

ヴァナルガンドはランを睨みつけてきた。

「我には、何をどう考えても、お前を王にさせるための追い風が吹いたとしか思えない」

フェンリルに向けた言葉は、ランにも強く圧しかかってくる。

二人だけにわかるだろう話を終えると、ヴァナルガンドはフェンリルの肩を叩き、部屋を出るべく扉に向かって歩いていく。

バタンと音を立てて扉が閉まることで、広い部屋には再びランとフェンリルの二人だけが残された。

5

ヴァナルガンドが部屋を出て行ってからしばらくの間、フェンリルは口を開こうとしなかった。

それはランも同じだ。

聞かねばならないこと、確かめねばならないこと、否定しなければならないこと。

日本に来てから数え上げればきりがないほどたくさんあるのに、何を言えばいいかわからない。

大量に押し寄せた情報の波に、溺れかかっている。

助けてほしいのに、助けを求める相手が、自分を今、溺れさせようとする張本人だ。

それこそほんの数時間前まで、何も考えずただひたすら快楽を貪り合っていた相手だと思うと、全身が竦み上がってしまう。

(俺は一体何をしてたんだ……)

逃げ出したい衝動に駆られる。だが、逃げるにせよここに居続けるにせよ、何も知らないままでは駄目だ。

わかっていても。

わかっているのに、言葉がまとまらない。

狗、狼。発情期。いにしえからの呪いのような一族。

何を、何からどうやって尋ねたら正解なのか。どうしたら、何も知らなかった頃に戻れるのか。

気づいたら、痛いぐらいに両膝を摑んでいた手が震え、指が固まっていた。開いた掌を見つめたら、堪えようとしても堪えられない笑いが零れ落ちてきた。

何を格好つけても今さらだ。

最早、自分に逃れる術はないのだろう。知りたいことをそのままぶつけるしかない。

景気づけのため、すっかり冷めたコーヒーを飲み干して、空になったカップをテーブルに勢いよく戻す。

「知りたいことはないか」

ランが口を開くよりも前にフェンリルが聞いてきた。不意打ちを食らい表情を繕えずにいるランを見て、フェンリルは蕾が綻ぶように微笑む。

「いや、それよりも前に謝るべきだ。君の気持ちを考えることなく、一方的に話をしてしまった。申し訳ない」

なんの躊躇もなく、ランに向かって頭を下げてくるフェンリルの姿に慌てた。

「そんな、頭を上げてくださいっ！」

ランは立ち上がろうとするものの、腰から広がる鈍い痛みに耐えられず、その場に蹲ってしまう。

「大丈夫か」

ランの異変に気づいてすぐに駆け寄るフェンリルから、優しく甘ったるく艶のある匂いが漂ってくる。無意識に、ランはその匂いを嗅ぐべく鼻をフェンリルの胸に擦りつける。

「ラン……」

触れ合った体から微かな振動として伝わる声で、ランははっと我に返る。

（何をやってるんだ、俺は）

両手を突っ張り、フェンリルの胸から頭を離そうとした。だが失敗する。離れる前に、背中に回ったフェンリルの腕に抱き寄せられていた。

触れた場所から伝わる鼓動を聞いていると、今朝まで続いた情事が蘇ってくる。

強くなる脈動に身を委ねたい気持ちをぎりぎりで堪え、ランは再びフェンリルの胸を押し返す。

「放してください」

その反応で、フェンリルはランの背中に回していた腕をすぐに解く。

「申し訳ない」

再びのフェンリルの謝罪に居心地の悪さを覚えるものの、ランは首を左右に振る。

「両親がフェンリルさんに連絡をしたのは、本当に俺の保護のため、なんですか？」

「一族に対して君の両親が求めたのは、間違いなく君の保護だ」

要するに、両親は自分たちの素性がわかっていたということだ。

「それは……イヌと呼ばれる種族を、狂信的に崇める人たちから、オオカミである俺を護るため、ですか」

「当初は私もそう思っていた。だが最大の理由は、君がオメガだったからだろう」

フェンリルが苦虫を噛み潰したような表情になる。

「オメガって、なんなんですか」

イヌの世界では、オオカミにより近い存在であることが、トップたる資質らしい。それはわかった。それゆえに、ほぼ純血らしいランの価値が高まったのもわかる。

『忘れるな。純血の上にオメガのそいつは、我でもなく他の狗にでもなく、フェンリル、お前に反応した』

ヴァナルガンドがフェンリルに向けた言葉が鼓膜にこびりついている。

見た目上、イヌだとわからなくても、イヌ同士であれば発情期に匂いでわかるという。

イヌとオオカミも交尾は可能だという。

発情期が何を意味するかは言うまでもない。交尾をすることで、妊娠が可能な時期だ。

さらに『アルファ』であるフェンリルは、生まれた子の匂いもわかるのだという。

それだけ特別な存在なのだろう。

「イヌ、の人たち……女性、と言うべきなのかな。発情期以外には、妊娠はできないんですか？」

「そんなことはない」

ランの問いをフェンリルは穏やかな口調で否定する。

「私たちは狗であると同時にヒトでもある。ヒトとしてヒトとセックスする際は発情期は関係なく、子を生すことも可能だ。ただ狗が生まれるためには、発情期での交尾が絶対条件だと言われている」

要するに、イヌが生まれるためには、発情期の交尾以外にない。そしてそうなるためには確率的に、相手も自分もイヌであることが求められる。

（セックスと交尾は、あえて使い分けているんだろうか……）

「あの」

話を聞いて抱いた疑問がある。

「俺の反応は、発情期だったんでしょうか」

自分のことなのに、どこか他人事のように聞いてしまう。

「そうだ」

「フェンリルさんも……」

「フェンリルでいい。さん、は不要だ」

あえてランの言葉を途中で遮ってフェンリルは訂正する。だからそれに従う。

「フェンリルも——俺と同じだったんですか？」

「——そうだ」

これまで即答してきたフェンリルにしては珍しく答えるのに少しの間を要した。肯定されたことでさらに疑問が増す。

「イヌは、男相手にも、発情する、んです、か」

発情期という特殊状況ゆえだと考えれば、自分の、異常としか思えなかった反応の説明はできる。

何度射精してもまったく萎えず、全身で快楽を欲し、フェンリルを求めてしまった。フェンリルの反応も尋常ではなかったと、思う。

奥まで達した熱が、そこで何度も欲望を放つ感覚に、体だけでなく、頭の芯が痺れた。

これまでランにセックスの経験はないが、あの感覚がただのセックスによるものだとすると恐ろしい。

あれほどの快感が得られると知ってしまったら、何度もセックスしたくなる。

詳細は思い出せないが、出会った日から今朝までの時間、ほとんど食事もせずに、体を繋(つな)げ続けた。

フェンリルからほぼ二日と言われて驚くしかなかった。腰が怠(だる)くて当たり前だ。

信じられないのは、そのせいでいまだ全身が悲鳴を上げているが、不快な痛みではないことだった。目覚めたときは治まっていた甘い疼(うず)きが、二人だけになった途端、また大きくなってきている。

（したい……）

フェンリルの肌に触れたい。唇を重ねたい。舌を絡めたい。全身を委ね、足を開き、体の奥深くでフェンリルの熱を感じたい。

尋常ではない反応が発情期ゆえだとしても、発情期が交尾のためだとすれば、フェンリルが自分相手に反応したのはどうしてなのか。

それが不思議でならない。

「私はオメガである君に反応した」

平然と応じることに違和感を覚える。発情期の反応はイヌと称される彼らの間において、至極当然の行為なのか。

「さっきも言われましたけど、オメガって、なんですか」

「群れで暮らす狼はその群れの中で厳格な格づけがされているのを知っているか？」

「一匹のボスがいて……とかですか？」

生憎と、動物には詳しくない。浮かんだのは猿山だった。

「狼は雌雄ともに群れの中では順位がある。その群れの最上位をアルファ、逆に最下位をオメガという」

「俺がそのオメガだっていうんですか？」

ひどくばかにされたような気がする。

オメガの自分だから、あんなことをしたというのか。オオカミである自分は特別な存在ではないのか。

「確かに俺は、フェンリルやヴァナルガンドと比べれば、貧弱かもしれない。でも……」

「違う」

むきになって反論するランの言葉を、フェンリルは途中で遮った。

「何が違うんですか。オメガってそういうことじゃないんですか」

「動物の狼の群れの場合はそうだ。だが私たちの言う『オメガ』は、それだけの存在ではない」

「だったら、どういう存在なんですか」

ランが凝視すると、フェンリルはゆっくり瞬きをして、視線を下に落とした。

「純血のオメガは男であっても、子を生すことができる」

「……子を生す？」

男が？

「発情期の、かつ相手がアルファとの交尾の場合に限っている」

フェンリルは言いにくそうに長い手で己の口を覆った。

『狗の中にも、さらに優位種が存在する。我らはあえてそれを「アルファ」と称する。アルファの男は、十八歳にならずとも、同種を匂いで嗅ぎ分けることが可能なのだ』

先ほど説明をしたのはヴァナルガンドだった。

アルファとは、狗の中でも数える程度しか存在しない優位種で、生まれた子どもが狗か否かを匂いで判別する力があると言っていた。

そのアルファは、男であるオメガを妊娠させられる力を持つのか。

「意味がわかりません」

あり得なすぎてランは首を左右に振る。

最初は理解しようと試みた。だがさすがにこの話は理解力の許容量を超えている。

純血のオメガ、それも男の場合、アルファと発情期に交尾すると、妊娠し得るという。

アルファであるフェンリルの匂いに反応した。そしてフェンリルとの交尾により、子を生せるのだという。

でも常識的に考えて、男が妊娠できるわけがない。

「俺は男です」

改めて主張する。我を忘れるほどフェンリルを求めはしても、男であることを忘れたわけではない。

「わかっている。だが同時に、君はオメガだということもわかっている」

「だから、なんなんですか」

胸のもやもやとしたものを吐き出す。

「百歩譲って俺がオメガってものだとします。それでたとえアルファの人と発情期にセックスしたからって、妊娠できるわけがない」

一生一人で生きていこうと思ってはいない。いつか両親のように結婚し、子が生まれ、共に生きていきたいという漠然とした未来像はあった。だが具体性はどこにもない。あくまで一般的な将来を思い描いただけだ。

強いていえば、ラン自身は一所で過ごさず、数年ごとに居住地を変えていたから、自分の子どもには、落ち着いた生活を与えてやりたいと考えていた。

特に大きな夢ではない。

「俺はオメガなんてものじゃないです」

自分に言い聞かせるように言う。そんな得体の知れない存在のわけがない。

「万が一オメガだとしても、子どものためだけに発情期にセックスしたりしません」

「それが、君の答えか」

フェンリルは眉(まゆ)ひとつ動かすことない。

「そうです。でも」

そこで急激に不安を覚える。絶対に違う、あり得ないと思っても、否定しきれないのは
どうしてなのか。

「妊娠した可能性はありますか」

フェンリルの話がすべて真実であるのであれば、この二日の情事は発情期のアルファとオメガの交尾ということだ。となると、男である自分が妊娠するための条件は満たされているのかもしれない。

「絶対とは言い切れない。だがおそらく確率はゼロ、もしくはゼロに近い」

（よかった……）

内心ほっと安堵(あんど)するものの、すぐそんな気持ちを振り払う。

「どうしてそう言えるんですか」

「初めての発情期の場合、妊娠するための体が整っていないことが多いためだ」

「……そういうことですか」

もう少し、何か明確な理由があるのかもしれないと思っていた。だから説明を聞いてランは拍子抜けした。

でもそうだとすれば、妊娠の可能性が低いというフェンリルの話も納得できる。

「君が、オメガである事実を信じないのは置いておこう。その上で今後のために、オメガについてもう少し説明をしておいたほうがいいだろう。私の話を聞く気はあるか？」

「……あります」

ランの混乱がフェンリルには伝わっているのだろう。刺激しないよう、遠回しな言い方をしてくれる。

フェンリルが断言する以上、ランはオメガなのだろう。否定していてもわかる。

男だと思っていたのに妊娠可能な体だと言われて、容易に受け入れられるものではないことに変わりはない。

だがそれこそ今回みたいに、意図しない妊娠の可能性を少しでも減らす必要がある。

「発情期は、年に二回訪れる。だが当初数年は訪れる時期も期間も定まっていない。数日で終わるときもあれば、二週間程度続くこともある」

この二日だけでも、あり得ない状態だと思う。それが二週間も続いたら、頭がおかしくなるし、体もおかしくなってしまう。

「さすがにそれだけ続くと生活に支障をきたすだけでなく、健康にも問題が生じる。そのため、多くの場合は抑制剤を服用する」

フェンリルはテーブルに置かれていた袋をランの前に差し出してきた。

（ヴァナルガンドが持ってきたものだ）

「元々は発情期が訪れる前に服用する薬だ。だから速効性はないが、飲めば症状を抑えることが可能となる」

渡された袋の中には錠剤が入っていた。

「もちろん効果は人それぞれだが、薬が効きさえすれば、一番弱い効果でも、一日中発情し続ける状態からは解放される」

「強く効いた場合は？」

「完全に発情期の反応が抑えられる」

そんな薬が存在するのかと感心するのと同時に、薬を飲まずにいたときの発情期の状態が怖すぎる。

「副作用はあるんですか？」

「残念ながら今はよくわかっていない」

「なんでですか」

「本来私たちは、一度起きた発情を無理矢理抑え込んだりしない。だから実際の効果はわからない」

それで本当に効果があるといえるのか。

「なんで俺がこんな目に……」

両親とともに暮らした十八年、一ヵ所に落ち着いて過ごすという穏やかさはなかったし、友達もできなかった。

それでも不幸ではなかった。両親と一緒に暮らせるだけでも、幸せだと思えていた。

平凡に暮らしたかった。生きたかったのに、イヌという一族に生まれただけでなく、オオカミの純血だという。そんなことを言われてもわからない。

望んで、特異な存在に生まれたわけではない。望めるのならむしろ、こんな道は選ばなかった。

「私は君の両親から正式に君の保護を求められた。そのため君が狗として生きていけるよう、手助けする。となると一族への披露を兼ねて、一週間後に開催される、宴(うたげ)に参加してもらう必要がある」

フェンリルは静かに息を吐き出した。

「嫌です」

咄嗟(とっさ)にとりあえず拒否してみる。

「……と、言える選択肢はないんですよね？」

「君が狗である以上、宴への参加は義務だ」

「わかりました」

すべてを受け入れたわけでも、納得したわけでもない。

イヌがなんであるか知るためにも、一族が一堂に会する場所へ参加することには意味がある。そう自分に言い聞かせる。

「望もうと望むまいと、君の存在は既に狗の世界には広まっている」

「オオカミとしてですか。それともオメガとしてですか」

「狼だ」

その返答に苦笑する。

「それだけでも、注目を浴びるのは確実ですね」

「そこは否定しないが、心配する必要はない。宴には私もヴァナルガンドも参加する。それから今回君の参加目的はあくまで顔見せだ。万が一にも誰かに襲われるようなことには陥らない。このことは、一族の現在の王も承知していることだ」

「今の王さまはどういう人なんですか」

ヴァナルガンドは、フェンリルが次代の王になるべきだと断言していた。だからおそらく世襲ではないのだろうという、ただの好奇心から聞いてみた。

だがフェンリルはそこには触れられたくなかったのかもしれない。眉根を寄せ、視線を逸らして、諦めたように口を開く。

「カエサル・サーロス・ウルフホンド。私の父だ」

ランはフェンリルが言葉にしない様々な事情を理解した。フェンリルが触れられたくなかったわけだ。

「ちなみに君が参加するためには、宴の前に発情期を完全に抑える必要がある」

「どうしてですか？　宴は発情期に合わせた一族の顔合わせですよね？」

「だから、だ」

ランの問いに、フェンリルは現在の王のことを尋ねたとき以上に険しい表情を見せた。

「日本に来てから君の身の上に生じた出来事を忘れたのか？」

背中を冷たいものが流れる。

それはフェンリルとの間に起きたことも含めているのだろう。

「その上で君が飲まないと判断するのであれば、私は無理強いをするつもりはない。だが忘れないでもらいたいのは、アルファである私が君の匂いに反応したのは紛れもない事実だということだ」

そこで、フェンリルの匂いが強くなる。濃厚な「雄」の匂いに、ランの中にある「雌」の部分が強烈に反応する。

腹の下で腰の奥。フェンリルを受け入れたとき、一番奥だと感じた場所で、何かが疼いている。

ランは「ヒト」として、明確に欲情した経験がない。だから今自分の覚えているこの感覚が、「ヒト」ゆえなのか「発情期」だからなのかわからない。

「女性のオメガ相手には反応しないということですか」

「反応はする。だがアルファとしての本能が、より強い相手に反応をする。それは私自身の意志とはかけ離れた本能によるものだ。その証拠に私は抑制剤を常用している。だから基本的に意図しないタイミングで発情期が訪れることはない」

にもかかわらず、フェンリルはランの匂いに煽られた、ということ。

フェンリルに限らず、他のアルファも同じ反応を示す可能性はあるのだろう。そうなったとき、何が起きるか。想像するまでもない。

「……わかりました。飲みます」

「よい判断だ。ちなみに今回、君は初めての服用だ。副作用も気になるが、まず一週間は通常の倍量を服用するように。異常があれば調整しても構わない」

「はい。すぐに飲んだほうがいいんですか？」

「それは君の判断に任せる。だが」

フェンリルは一度そこで言葉を切ってから、ランの手に自分の手を添えてきた。

「場合によっては、飲んですぐに効果が出るらしい」

触れてきた場所から伝わってくる温もりが、静まったはずの記憶を呼び覚ましてくる。

フェンリルは気づいていたのだろうか。

ランの心臓は、少し前からうるさいほど大きく鳴り響き、掌が汗ばみ急激な喉の渇きを覚えていることに。

ヴァナルガンドが出ていってから、部屋は二人の匂いで満たされている。

渋谷でフェンリルに出会ったあの日から、我を忘れるほどに激しく抱き合った。フェンリルが説明したように、場合によっては二週間続くという発情期は、収まってはいない。ただ一瞬鎮まっていただけなのだ。

睡眠を取り、食事により栄養を摂った体は英気を養い体力を取り戻した。力の漲った体には、欲望も漲っている。

それでもここまで堪えたのは、己の立場や素性を知ったためだ。

イヌという種族の話はともかく、オメガといって、男にもかかわらずセックスにより妊娠する可能性があると聞いた以上、安易に欲望のままに求めるわけにはいかなかった。

男が妊娠するわけがないと思いたくても、フェンリルがそんな嘘を吐くわけがないとも思う。出会ったばかりにもかかわらず、ランのフェンリルに対する信頼は絶大だ。混乱した中で、理性が少しずつ欲望に食われていく。

本来なら、すぐにでも薬を飲むべきだ。

でも、場合によっては、すぐに効果があるらしい。発情期が収まったとき、ランのフェンリルに抱いている気持ちはどう変わるのか。

ランは、重なった手を払いたくなかった。しっとりした肌が、ランの肌に吸いついてくる。

濃厚なフェンリルの匂いを嗅いでいると、昨夜の記憶が鮮明に蘇ってくる。

深いところで繋がった体は、まるで最初からひとつだったかのようにぴったり合わさっていた。互いに解き放ったもので濡れた肌は艶めかしかった。

内腿のむず痒さを覚え、ランは膝をきゅっと強く合わせる。乾いた唇を無意識に嘗めていると、そこにフェンリルの指が伸びてくる。

すっと撫でた指先が、ほんのり赤く染まる。

「切れている」

薄皮が剝け、滲んだ血で汚れた己の指を、フェンリルは当たり前のように嘗めていく。

生き物のような舌を、まるでランに見せびらかすように、ねっとりと。そんなことをしておきながら、フェンリルはランに聞いてくる。

「薬を飲まないのか」と。

(意地悪だ)

ランは心の中でぼやく。

薬を飲んですぐに効果が出る場合があるという。そうしたら、今のこの感覚は収まる。甘い匂いに反応しなくなり、腰の疼きも鎮まる。

でも。

「後にします」

ランが自分の意志で選択したのを聞いて、フェンリルは立ち上がる。それに合わせてランも立ち上がる。

逃げ出したい衝動は、一瞬だけ生まれて、すぐに霧散する。

背後からフェンリルに抱き締められ、情事のあと乱れたままのベッドに二人とも倒れ込んでいく。

当たり前のようにどちらからともなく唇を求め合い、深く重ねていく。

「ん……ふ、う、ん……」

すぐに舌を深く絡み合わせ、互いの唾液を味わいながら、フェンリルの手はランの着ているTシャツを捲り上げる。

露になった胸の小さな突起に、フェンリルの手が伸びてくる。ぷくりと膨らんだそこを、指の腹でこねくり回されると、ランの腰が跳ね上がる。

下着の中で、欲望は既に高ぶり、小刻みに震えた。

せわしない動きから、フェンリルはあまり時間がないだろうと思えた。だからランはフェンリルに協力をして着ている物を脱ぎ捨て、立てた膝を左右に大きく開いた。

「……ラン……」

フェンリルはランの前髪をゆっくりかき上げ、その金色の瞳をまじまじ眺める。

「綺麗（きれい）な瞳だ」

そして瞼（まぶた）に口づけながら、導き出した己の欲望をゆっくり腰の奥に押し当ててきた。

「あ……」

事前に解（ほぐ）すことはなくとも、フェンリルの先端が容易にランの中へずるりと挿入（はい）ってくる。

「すごいな……ここが私を飲み込んでいく」

高い位置から顔を見ながら、フェンリルは己をランの体内に挿入していく。頭を上げれば二人が繋がった場所が見える体勢で、ラン自身は突き上げと同時に見る見る頭をもたげてきた。

「わかるか。君が私を飲み込んでいくのが」

フェンリルに問われてランは頷（うなず）き、腹の上辺りに己の手を伸ばす。

「ここ……」

軽く押すと、硬いものが当たり、体内のものがドクンと疼く。内側と外側からの刺激で、フェンリルが硬度を増した。

「あ」

「気持ちいいか？」

ぐっと強く突き上げられ、ランの体がシーツごとずり上がっていく。それを引き止める

ように、フェンリルはランの腿を強く抱え込んだ。

「や……きつ、い」

「そんな風に締めつけるな」

瞬間、力の入ったランの体を横へ向けた状態で、さらに激しく腰を律動させる。さほど力を入れずとも、どんどん奥にフェンリルが進んでいく。

「あ、あ、あ……」

ずるずると内壁を擦られる。侵入を阻むことはないどころか、奥へ導くように蠢いているのが自分でもわかる。

(なんか、変だ……気持ちよすぎて……中が柔らかくなってる)

先ほどまでとも違う。頭の中がフワフワして思考が追いつかない。

射精を促すべく強く擦られ、ラン自身が大きく揺れる。

この感覚に、微かに覚えがあった。二日の行為の最中、ランも自覚のないまま最奥までフェンリルが辿り着いたときだ。

そこがフェンリルを吸い上げたまま、強く締めつけた。

「あ……っ」

あのときと似た感覚が、今、再びランの体内に起きている。

擦り合う肉壁がずるずる捲られ、前後左右に激しく揺すられる。

「そんなに、したら、い、っちゃう」

　快感で頭も体も満たされる。

　理性の残る状態でこの快感は頭がおかしくなる。堪えられずに勃ち上がった性器からはじわじわ白い蜜が溢れ出す。

「達けばいい。ここに残っている分を、すべて吐き出してしまうといい……」

　フェンリルの声からも余裕が消えている。そして、深い場所で激しく突き上げられる。

「駄目、や、あ……触ったら、いく、いく、いく」

　次から次に凶暴なほどの刺激が全身を駆け巡る。

「ラン……っ」

「あああ」

　ぐっとフェンリルの背が大きくグラインドし、先端が弱い場所を突き上げた刹那、ラン自身から、白濁した液体が一気に溢れ出した。

　同時にランの中でも、フェンリルの放ったものが広がっていくのがわかる。飢えた細胞のひとつひとつが、フェンリルの精液を求めて反応する。まだ足りないとフェンリルを締めつけ、そこから放たれるものを貪り尽くそうとした。

「ラン……っ」

　その反応に、まだ深い場所にあるフェンリル自身が反応して、強く脈動した。ドクンというはっきりとした刺激に、ランも煽られる。

「や、だ、また、ク、る。あ、あ、あ」

「ラン、ラン、ラン……っ」

再びフェンリルが激しく動かす腰に合わせ、ランも短い声を上げ続けた。

6

一週間後に行われる、一族の顔見せの場でランを披露することは確定したらしい。

ランは広尾のフェンリル所有のマンションで、その日を待つこととなった。

ここのセキュリティは万全で、他の人に会う可能性もほぼない。ランの存在は知られていて、いち早くその姿を見ようとサーロス家の日本における家に押しかける人間がいるとも聞いた。だがここの存在を知る人は数える程度の上、そこにランがいるとは思わないだろうという配慮からだった。とにかく宴当日までのランの安全を確保することが、サーロス家にとって重要だった。

だがフェンリルとヴァナルガンドは多忙を極めていて、この二日、フェンリルからは朝晩にメールとビデオ通話はあるが、基本一人で過ごしている。

というのも、このマンションはフェンリルの別宅なのだという。普段はヴァナルガンドとともに、本宅で一族のための仕事をしているらしい。

ランも本宅を見たいと言ってみた。しかし「今は無理」の一言で却下されてしまった。

理由は、本宅には来訪者が多いためだ。

ランの存在は一族に知らしめられたものの、披露はいまだ行われていない。そんな状態で危ない目に遭わせられない――披露後は、警備体制を整え、常にSPをつけられると言われている。

衣食住はすべて与えられるが、自由は利かない上にプライバシーもなにもあったものではない。だから、嫌だと断ったが、そこにランの意志は無視される。

『君は自分の価値がわからなすぎている』

フェンリルだけでなく、ヴァナルガンドにも説教されてしまうと、従うしかない。

ランはこの一週間の間に、一族の歴史に関する書類を見ることと、一族の人間の顔と名前を一致させるように命じられた。

ヴァナルガンドに教えられた九家はもちろん、参加する一族は末端に至るまで覚えねばならない。

そのための大量のファイルとパソコンのデータを渡されている。だから一日の大半はパソコンの画面との睨めっこを強いられた。状況が状況ゆえに、外出も許されない。

食事は朝、フェンリルの依頼した業者から、三食分がまとめて届けられている。

美味そうな料理ばかりだが、二日目になると、使い捨てのプラスティック容器に詰められた一人分の料理を見ても、食欲は湧いてこなくなってしまった。

余裕ができたら、顔を出すと言っていたが、口だけになって過ぎた三日目の朝も、八時ちょうどにインターホンが鳴って、いつものように料理が届けられた。配達する人間も事前に登録されている。

サインをして受け取った料理の入った袋をキッチンのテーブルに置いた。

「今日も一人か……」

寂しさというよりも不安を覚えた途端、デニムのポケットに突っ込んでいたスマホが鳴った。慌てて取り出すと、フェンリルの名前が表示されていた。

すぐに出たい衝動に駆られるが、そこで一拍置いた。

フェンリルからの電話を心待ちにしていると、相手に悟られたくない。意味のない意地を張って、前髪を軽く手で撫でた。デニムにシャツという手を抜いた格好ではなくもう少し気を遣えばよかったと反省しながら、受話ボタンを押した。

画面に映し出されるフェンリルも、実物と同じぐらいに美しい。もちろん言葉にはしないが、その姿を見られるのを楽しみにしている――が、画面は真っ黒のままだ。

「フェンリル……？」

『おはよう、ラン。朝食は済ませたか？』

なぜか今朝は音声しか聞こえてこない。もちろん、甘い優しい響きの声も心地よいのだが、姿が見られないのはつまらない。

「これからですけど、どうしたんですか。映像見られませんけど」

『昨夜から電波障害が起きている。復旧を急いでいるが、ハッキングの可能性もあるため、今日一日は連絡ができなくなるかもしれない』

「だったら、仕事しないで休めばいいのに」

願望が口を衝く。

『そうしたいところだが、今日は午後から九家の人間が顔を揃えて、宴と、今後の君の待遇について打ち合わせをすることになっている』

少しずつ、その日が近づいている。

「そうなんですか……」

『だが遅い時間になるかもしれないが、一度そちらに帰れるかもしれない』

「ホントですか」

期待していたわけではなかったため、予想と異なるフェンリルの発言に胸が弾んだ。

喜んでいると知られたくないが、どうしたって声が弾んでしまう。

『宴の準備のために部屋に取りに行く物もあるから、そのついでだ』

「ついで、なんだ」

実際にそうなのだろうが、ついでと言われてしまうと面白くない。

「どこにあるのか教えてくれれば、俺が届けますけど」

気を取り直して言ってみる。会えるのは嬉しいが、フェンリルが多忙なことも事実だろう。そんな荷物を取りに戻るためだけなら、代わりに自分が届けても構わない。その場合でも、顔を合わせられる。

『私の書斎の棚のどこかに置いてあるはずのメモリだ』

（書斎の棚、メモリ）

手元の紙にメモを書きつける。

『届けてくれるという気持ちは嬉しい。だが君は宴当日まで外に出るべきではない。メモリは今夜家に帰ってから直接捜す』

忙しいのだろう。話をしている後ろの騒然とした様子が伝わってきた。

『また後で連絡を入れる』

「わかった」

結局映像が戻ってくることはなく音声通話のみになってしまった。でも沈んでいた気持ちはフェンリルとの会話で浮上してきた。

（ゲンキンだな）

自分でも思う。

フェンリルに会えるというだけで、こんなに喜んでいる自分に違和感を覚えてしまう。

フェンリルは形からすれば、両親からの依頼で自分の保護を引き受けてくれた相手に過ぎない。今フェンリルの家に滞在していても、顔見せをしたのちの方向性も確定していない。

だがフェンリルたちに聞いた、狗に対する誤った見解を持つ人々がいる以上、当たり前で平凡な生活は得られないだろう。

何より、狼でオメガという稀少性ゆえに、警備もつけられてしまう。そんな状況で、当たり前の日常など望んではいけないのかもしれない。

そんな息苦しい中で、フェンリルはランにとって精神安定剤的存在になっている。

幸いなことに、フェンリルの用意した抑制剤は、服用した直後から効果が現れた。

頭も体もセックスのことしか考えられず、全身が性感帯のような異常な状態は完全に消え失せ、フェンリルの匂いも感じなくなった。あのときの状況が夢だったのかと思うほど、精神が安定している。

だがバスルームに入って全身にちりばめられた情事の痕を確認すれば、何もかもが夢ではなく現実なのだと思い知らされる。

狗と呼ばれる一族。

狼という存在。

男にもかかわらず、一族の血を残すべく妊娠可能になる体。

改めて狗に関する書類を読み漁ったことで、頭の中がパンパンになっているせいもあるのかもしれない。ひたすらに情報を仕入れるだけで、出すべき場所や機会が一切ない。もしかしたらこの先も、こんな風に一人で過ごさなくてはならないのだとしたら、一体どうなるんだろうか。

込み上げる嫌悪感から軽い吐き気を覚えて、ランはソファに体を沈めた。

「大丈夫だ……俺は大丈夫」

荒くなる呼吸を落ち着けるため、ゆっくりと深呼吸をする。二回、三回と繰り返していると、少しずつ鼓動が落ち着いてくる。

昨夜から、知り合いのない土地で、だだっ広い部屋に一人でいると、世界に自分一人しか存在していないように思えてしまうようになっていた。

でも今日はもう少ししたら、フェンリルに会える。あの日以来に会えたら、どんな気分になるのだろう。

それまでの時間、今日だけはぼんやり過ごしても許されるだろう。

ランはゆっくり瞼（まぶた）を閉じた。

その後、いつの間にか眠っていたらしい。

何度も鳴り響くインターホンの音に、一気に意識が覚醒（かくせい）した。

勢いよく起き上がって時計を確認すると、十一時を過ぎたところだった。そこでまたインターホンが鳴り響く。

「……もしかして、フェンリル、鍵を忘れたんだろうか」

フェンリルには、インターホンが鳴ろうとも、絶対に扉を開けないようにと厳命されていた。

『私とこの部屋に用のあるヴァナルガンドはセキュリティカードを所有している』

だからインターホンを鳴らす人は他の来訪者のみだとわかっていた。

ランは久しぶりにフェンリルに会えることで、浮かれていたのだ。だから錠を外して扉を開けたところで、そこに立つ見知らぬ男の姿を目にしても、それが誰なのかをすぐには理解できなかった。

浅黒い肌にすらりとした長身で、陸上選手のような細い筋肉に覆われた体を、細身のパンツとレザージャケットに包んだ男は、高い位置からランを凝視してくる。深い青色の瞳と凜々しい眉毛、肩を越す柔らかそうなストレートの茶色の髪と、両手首を飾る派手な石のついた腕輪が印象的だ。

「お前は誰だ」

開口一番、乱暴な口調で言い放つその相手を、ランは知っていた。

「君はジャーハンギール・サルーキ・ガゼル・ハウンドか」

出題された問題の返答をするようにその名前を口にした。

「なんで俺の名前を知っている？」

「アラビア出身の原種に近い一族で資源部門を担当。父親、ティムール、四十六歳は石油商を営んでいる。アフガンハウンド家は血縁関係にある」

この二日、ひたすらに眺めていた一族相関図に載っていた写真は、今よりも幼い時期のものなのだろう。今ランの前に立つジャーハンギールは、二十歳前後の青年に思えたが、相関図にあった写真は十歳前後だろう少年のときのものだった。

名前にある犬種とは、直接的に関係ないといわれている。だが不思議と、犬種に近い容姿をしている人がいる。

フェンリルの場合は、名前の由来となる神獣のイメージだ。

ジャーハンギールは、実際のサルーキの如（ごと）く、しなやかですらりとした印象だ。

「改めて聞く。お前は誰だ」

再び問われて、ランはやっと現状を認識する。

（扉を開けたら駄目だった……）

「フェンリルの奴（やつ）はいないのか？」

ジャーハンギールはまったくランには興味がないらしい。だから聞かれたことに答えずとも気にすることなく、家主であるフェンリルの居場所を聞いてくる。

父親は四十六歳と記録にあった。息子のジャーハンギールは十八人いる子どものうち男性長子で、唯一のアルファだと記されていた。

父親しか写真はなかったが、顔形はさほど似ていない。おそらく母親の血が色濃く出ているのだろう容姿からは、独特のオーラのようなものが感じられた。

身長はフェンリルやヴァナルガンドよりは低いが、ランが見上げるほどの高さはある。

フェンリルやヴァナルガンドも、今考えれば似たような光を放っていた。

(これは狗特有のものなんだろうか)

新たな狗の一員との出会いで、その事実を知る。

「……おい、お前！」

ランははっとする。目の前の相手を見ていながら、その実まったく見ていなかった。

「俺のことを呼んでるんですか」

「お前以外に誰がいる」

ジャーハンギールはかなり苛々(いらいら)しているようだ。

「フェンリルはどこにいるかと聞いている」

来訪してすぐにフェンリルの行方を聞かれたのを思い出した。

「仕事です」

「仕事でどこにいる」

「本宅だと聞いています」

「はあ？　日本のサーロスの本宅ってここじゃねえの？」

「そんなこと、狗の一族なら、調べればわかるんじゃないですか。今日は宴の打ち合わせで九家の方が本宅に集まると聞いています」

もちろんランは知っている。だが答える必要はないし、答えるべきことではないだろう。ましてやフェンリルがここへ戻ってくるかもしれないことも、伝える必要性がない。

大体、ジャーハンギールの態度にランは苛立ちを覚えている。

致し方ないが、ランがフェンリルを知ったのはつい先日のことで、狗の存在すら知らなかった。比べても意味がないとわかりながら、フェンリルの若い時期を知っているジャーハンギールが羨ましくなってしまう。

ラン自身、おかしいのは重々承知している。だが誰も知っている人がいない状況で、両親が自分を託した家の人間であることから、ランが縋れる相手はフェンリルしかいない。かつ、出会いは事故的だが、体の関係もある。ややこしい事情は抜きにしても、現状ランにとっては最も近しい存在だ。

ある意味依存している相手に過ぎないが、そんな相手とより親しい関係の存在に、嫉妬心を抱いている。

資料の中で、ジャーハンギールは幼い頃、米国のサーロスの本宅で暮らしている記録が残っていた。つまりフェンリルが世話をしていたことがあるため、ジャーハンギールはフェンリルを兄のように慕っているとの記述もあった。

二人が兄弟のような関係だとしても、ランとはまったくの初対面だ。そんな相手に対して、この態度はあり得ないだろう。

フェンリルは初対面で年下であるランに対して最低限の礼儀は尽くしてくれた。ジャーハンギールも、九家の人間だ。現当主は父親にせよ、次期当主として将来を約束されているなら、取るべき態度があるはずだ。しかし残念ながらジャーハンギールのランに対する態度は、年下相手だからにせよ横柄極まりない。

「そうだ。その前に話がしたかったんだが……あんた、フェンリルのなんだ？　なんでここにいる？」

ようやくラン自身に興味を持ったらしい。だがさすがにこんな聞き方をされて、答える義理はランにはない。

「縁あってサーロスの家にお世話になっています」

「なんだよ、フェンリルの家の使用人なら、サーロスの本宅ってのがどこにあるかぐらいわかるだろう？　フェンリルがどこにいるのか教えろ。話があんだよ」

「お断りします」

ランは即答する。

「俺は使用人ではなくサーロス家の客です。世話になっている家のことを、勝手に他の人に教える権利を有していません」

「客でも使用人でもなんでもいい。お前は俺がサルーキの家の人間だって知ってるんだろう？　サルーキに逆らったらどんな目に遭うかわかるだろう。だからとっとと教えろ！」

まさに虎の威を借りる狐。もしくは井の中の蛙大海を知らず。ランはため息を吐く。

「断ります」

「てめえ……っ」

「話があるなら直接フェンリルに電話すればいいじゃないですか」

「それができねえから直接話しに来たんだ」

ジャーハンギールはランの腕を摑み、そのままシャツの襟元を摑んできた。

「俺が教えろって言ってるんだから教え……っ」

間近に顔を寄せてきたジャーハンギールは、摑んだ腕をそのままに動きを止めた。浅黒い肌と凜々しい眉の形も合わさり、雄々しい顔立ちをしている。その眉を寄せてランを凝視する。

「……なんだ、その瞳」

不意の指摘に、ランははっとする。

「そういや、サーロスが絶滅したとかいう稀少な存在を見つけて、今度の宴で披露するとか言っていたが……それはお前か？」

　金色の瞳は、狼だけの持つ色だと言われていたのを失念していた。配達される食事を受け取る以外は、他に人に会うこともないため、裸眼のまま前髪も上げて過ごしていた。

　ランは摑まれていた腕を振り払おうとするが、ジャーハンギールの力は想像していたよりも強くびくともしない。

「名前は……確か、ラン。真上ラン、だったか」

　さすがに次期当主というべきか。情報は回っていた。そして次期当主であるジャーハンギールは、「アルファ」。摑んだランの襟元に鼻を押しつけ、そこの匂いを強く嗅いだ。

「やめてくださいっ」

　ざわりと全身に広がる違和感から、ランは全力でジャーハンギールの手から逃れる。

「なんだ、この匂い」

　薬の効果か、すぐにはランの匂いに気づかなかったらしい。

「お前、もしかして狼なのか」

　ジャーハンギールは怪訝な表情になる。

　ランは唇を嚙み締め、ふいと顔を横へ向ける。

「その態度はなんだ。いくら狼だろうと、九家にたてついたらどうなるかわかってるのか？」

「知りません。どうなるんですか」

ランは一歩後ろに下がって強い口調で返す。

「狼は狗の世界の中で圧倒的に優位な立場になると聞いています。それは九家を凌ぐとも」

「お前……」

先日、フェンリルとヴァナルガンドが話していた内容を勝手に解釈した。だがそれは正しかったらしい。

しかしジャーハンギールはそこで引き下がらなかった。

「確かに狼は優位な存在だ。だがお前が本当に狼だと全体が認めたわけじゃない」

「それはどういう意味ですか」

「言ったまんまだよ。たとえお前が本当に狼だったとしても、狗が認めなければ意味はない」

「金色の瞳なのに、ですか」

「目の色など、どうとでもできる」

ジャーハンギールの発言にランの背筋が冷たくなる。

「本気で言ってるんですか」

「フェンリルの奴がいないなら予定は変更だ」

何を考えたのか。ジャーハンギールはランの腕を再び摑んできた。

「お前をこのまま、あいつらに売っぱらってやる」

「あいつら……？」

「だからしばらく、眠っていてくれ」

何をするつもりだと確認する前に、ジャーハンギールは突然にランに口づけてきた。目を見開いたまま、ランを睨みつけてきた。そして薄く開いた唇の間に舌を差し入れ、含んでいた錠剤を無理やりランの口に押し入れてきた。

(何、を……)

唇から逃れようと抗ってみるが、腰を摑まれ頭の後ろで髪を握られ、動きを封じられていた。

そしてランの口腔に入れられた薬が、唾液で溶け出すのがわかる。ジャーハンギールは唇を離し、汚い物に触れたかのように、手の甲で乱暴に口元を拭う。

唇を解放されたのに、ランはそのままの体勢で動くことができなかった。視界が霞がかったように白くなり、足元がふらついてきた。

「……薬、を……」

「フェンリルではなく俺が次期王になるためには、お前は邪魔だ。しばらくの間、眠っていてもらう」

おそらく睡眠薬の類いを盛られたのだろう。脳天が痺れ呂律が回らなくなる。強烈な睡魔がランの全身を襲ってきた。

次期、王。

つまりジャーハンギールは、狗の王の座を狙っているのか。

「狗の体に異常なほど執着する者たちがいる。それが狼ならば、さぞかし喜ぶだろう」

ジャーハンギールが喉の奥で笑う様子を見たところで、ランの意識は遠のいた。

7

「フェンリル」

電話を切ったタイミングで、ヴァナルガンドが声をかけてきた。

「元気にしているか?」

誰がと言われずともフェンリルにはそれが誰かわかった。

「拗(す)ねていた」

ヴァナルガンドが相手だから、フェンリルは苦笑交じりに応じる。と、ヴァナルガンドは少し驚いたように目を見開いたが、すぐに肩を揺らす。

「随分と可愛(かわい)らしい反応をするようになったものだ」

「ランは最初から、可愛かっただろう?」

フェンリルが真顔で返すと、ヴァナルガンドは絶句した。

「お前は本当に、我の知っているフェンリルか?」

「と、私は思っているが、君の目には違う私が見えているのだろうか?」

「ああ」

ヴァナルガンドは肩を竦めた。

「少なくとも我の知るフェンリルは、惚気話を平然とするような男ではなかった」

「誰が惚気話をした？」

呆れたようなヴァナルガンドの発言の意味が、フェンリルはわからなかった。

その返しでヴァナルガンドは困惑の表情を浮かべる。

「無意識か。恐ろしいな」

「一人で納得して話を終わらせないでくれないか」

フェンリルは抗議するが、ヴァナルガンドはそれ以上相手にしてくれなかった。しかし、今日の九家の宴の事前打ち合わせ後に一度ランのところへ向かう案については、なぜか否定されなかった。

「今後について、事前に打ち合わせをしておくべきだろう」

それから。

「お前が会いたいだけじゃないのか」

つけ足された理由にフェンリルは「え」と小さな声を上げる。

「無意識ならそれでいい」

呆れたようなヴァナルガンドの言動に、引っかかりを覚える。

「我はお前が前を向いているのならそれでいい」

ヴァナルガンドの言葉に、フェンリルは先の言葉を失う。

狗(いぬ)の血が特別なものと捉(とら)える者たちは、古(いにしえ)から存在していた。

史実として、狗の体液で防げた病があり、狗の持つ「何か」により、ある一定の病にかからないことも証明されている。

だからといって、狗の体がこの世に存在するあらゆる病を防ぐわけではない。ましてや狗の体を食すと不老不死になるという話は、都市伝説といっていい。

狂信者たちにとってみれば、狗や狼(おおかみ)の資質を備えた特殊な存在は、無条件に敬うべきなのだろう。現世において目に見える特殊能力はなくとも、この世の中枢を握る立場にあるとなれば、存在価値はより高まっているのかもしれない。

だがフェンリルに理解できるのは、彼らの考え方だけに過ぎない。その考えを肯定も否定もしない。

信仰心として抱くだけなら、勝手にすればいい。王となった父の、考え方自体否定し、彼らを根絶したいとする思いとは異なっていた。

フェンリルは基本的に平和主義で、争いを好まない。博愛主義ではない。ただ、面倒を起こしたくないという立場に立ち続けてきた。

権力争いに好んで参戦するつもりもない。

だが、周囲がそれを許してくれない。

銀の麗人——神に愛されたとしか思えない、完璧(かんぺき)かつ荘厳さすら感じられる容姿ゆえに、フェンリルは幼い頃から、敬われる存在だった。

それは、二年先に生まれた、祖先を同じくするチェコスロバキアン・ウルフハイブリッド家の長子の名前、フェンリルを奪い、ヴァナルガンドに変更させてしまうほどだった。

二人の名前はいずれも同じ存在を示しながら、フェンリルは光、ヴァナルガンドは影の立場を強いられることとなった。幼馴染(おさななじ)みであり、兄のように慕っていたヴァナルガンドとの間にある因縁を知ったとき、フェンリルは初めて己の立場を恨んだ。

ヴァナルガンドだけではない。年齢が上がるにつれ、フェンリルはさらに特殊な立場に追いやられていった。

その特殊性ゆえにか、フェンリルに初めての発情期が訪れたのは他(ほか)よりも早かった。

彼の世話をしていた侍女がいち早く気づき、その遺伝子を我が物にすべく監禁され襲われたのは、十四歳のときだ。

表向きには「未遂」とされた事件だが、未遂事件ですら知っている者は少ない。それこそ家族以外に知っているのは、常に行動を共にしていたヴァナルガンドを含め、五人といない。

実際には、フェンリルは侍女に無理やりセックスを強いられている。幸いにも初の発情期ゆえ侍女が妊娠することはなかっただけにすぎない。しかしそれまで、神の如く扱われてきたフェンリルにとって、襲われた上での強制的なセックスは、セックスという行為だけでなく女性に対する強烈な嫌悪を抱かせる深い傷となった。

結果、フェンリルは今の年齢になるまで、発情期が訪れても、誰とも「交尾」せずに過ごしてきた。それが許されたのは、フェンリルがフェンリルだからであると同時に、許されないのも同じ理由からだった。

サーロス家当主であり、狗の王として望まれながら、それがいまだ確定していないのは、フェンリルに子がいないためである。

フェンリルは、当主の座は致し方ないにしても、次期王の座は望んでいない。

それこそ、古からのしがらみばかり増えた、フェンリル自身疑わしいと思う「狗」の一族など、言葉にしないだけでなくなってしまえばいいと思い続けてきた。

フェンリルは、博愛主義ではない。ただ興味がないだけだ。

恵まれた容姿も素性も何もかも、静かに生きていたいだけのフェンリルには無用の長物だったのだ。

今度の宴では、次期狗の王の候補について話し合われる予定だ。筆頭がフェンリルだが、サーロス家の方針に反対する一派、サルーキやアフガンハウンドより、候補を立ててくるだろうと噂されていた。

このタイミングでフェンリルは、家からの離脱を企んでいた。その気配を、自らフェンリルの影と称するヴァナルガンドが気づかないわけがない。

身贔屓でなく、ヴァナルガンドはフェンリルが次期狗の王に相応しいと思っている。その気持ちはわかっているから、フェンリルは辛かった。

だからこその、先日のランの前での発言になるのだろう。

完全に薬で発情期を抑え、女性を寄せつけずに過ごしてきたフェンリルが、このタイミングで降って湧いた狼の子を保護することとなった。それだけでなく、たまたまオメガ性が備わっていた相手と、セックスした。

それが本能ゆえの出来事にせよ、フェンリルを次期王にと目論むヴァナルガンドにしてみれば、好機以外の何物でもなかっただろう。

フェンリルも同じだ。

ランとの関係のきっかけは事故に等しい。でもきっかけはなんであれ、あれほどまでの関係を持ったことは間違いない。

アルファとオメガという、これ以上ない最高の相性だったにせよ、二日にわたるセックス三昧の日々を送ることになるとは夢にも思っていなかった。

さらに事情を理解した上での情事——発情した状態が継続していたとはいえ、最初のときと比較すれば互いに理性も判断力も有していた。

あのとき、セックスしないという選択肢もあった。フェンリルは自分から仕掛けたものの、ランに断られる可能性のほうが高いだろうと踏んでいた。

狼という存在は、狗の世界にどっぷり浸（つ）かって生きているフェンリルにとっても、伝説に等しかった。

狼に近いとされるフェンリルやヴァナルガンドですら、崇（あが）め奉（たてまつ）られているのだ。万が一にも存在していたとしても、さぞや生きていくのは大変だろうと同情していた。

要するに、自身の素性を不幸だと思っていたフェンリルにしてみれば、狼は自分よりも不幸で同情すべき立場にある。

「かわいそうに」と憐（あわ）れんでやれる存在だ。

それゆえ、自称狼から自分たちの子を保護してほしいと父に連絡が入ったと聞いたときには、よくぞこれまで隠れて生きてきたと驚くと同時に、密（ひそ）かにほくそ笑んだ。

かわいそうにと、初めて自分が言える立場になれることに、優越感を覚えたのだ。

しかし実際出会ってしまったら、優越感を覚えるどころの騒ぎではなかった。

まさかのオメガな上に、己が何者かまったく理解していなかった。

いわば、犯してくれと言わんばかりに、素（す）っ裸（ぱだか）で足を開いて待っている状態だったのだ。下品な言い方だが、あのときのランの状態はそれ以外、言いようがない。

さらに性質の悪いことに、アルファというグルメにとって、狼でありオメガのランは最上級のご馳走だった。

一切手を加えられていない。余計な添加物もない。栄養を存分に与えられた素材が、狼の両親という最高のシェフの手により、これ以上ないほど極上の料理に仕立て上げられていたのだ。

据え膳という言葉がこれ以上相応しい状態はなかっただろう。

実際食してみたら、とてつもないことが判明した。

どれだけ食べても満腹にならない。食べれば食べるだけ次が欲しくなる。飽きもせず、美味いと思いながら、ひたすらに満たされない。飢えさえ感じる。

なんの悪戯かと思いつつも、フェンリルはランという料理をひたすらに貪り続けた。

体のすべてを嘗め尽くし撫で続け、開かれた足の間の奥深くまで己を埋めた。

激しく注挿し欲望を解き放っても、すぐにまた熱が溜まる。ランの体も、ひたすらにフェンリルを求め続けてきた。可愛く、淫らに、浅ましいランの姿に、フェンリルは我を忘れた。

繰り返し解き放ったもので後ろがいっぱいになり、いやらしい水音が生まれ液体が溢れてきても、気にせずに己を突き立て続けた。

激しく腰を律動させ、繰り返し射精しながら初めて、フェンリルの中に「妊娠させたい」という衝動が芽生えた。正しく言うなら、「種づけしたい」だ。これまで毛嫌いしてきた生々しく浅ましい想いが、次から次に生まれてくる。

純血のオメガが発情期に妊娠し得る体に変化することは、もちろん知っていた。子を生す宿命にある最上種のフェンリルからしたら、最高の相手だ。

二人の間に子ができたら、狗の世界の最高位となる。純血の狼であるランよりも、稀少な立場だ。つまり、フェンリルよりも、ランよりも、「かわいそう」な存在となる。

その事実が一瞬頭を掠めたものの、理性より本能が勝った。

ランは初めての発情期で、子を生すための器官が未発達だろうことは、セックスの最中にわかった。これまでオメガとセックスの経験はなくとも、種としての本能が「知って」いた。

腰の奥深い場所、ランの快楽が強くなり、体が緩み、最大限体内にある欲望を受け入れた先にそれはある——らしい。

発情期にしか狗の子が生まれない理由は、そこまでの挿入に至らしめるための快楽には、理性を飛ばさない限り無理だからだと聞いている。

無防備になり、己の体の最奥まで許すことで、初めてなし得る奇跡。

ランはあのとき、フェンリルにそこまで立ち入ることを許した。本能に加え、フェンリルに晒(さら)された体が導いた。

過去の忌まわしい記憶は完全に消え、最高に気持ちよく最高の悦びが、あの瞬間フェンリルにも生まれた。


「それで、狼の子はどうしているんだね？」

ティムール・サルーキ・ガゼル・ハウンドが好奇心丸出しに聞いてきた。

ここ数年で、九家の当主は多く代替わりを果たしつつある。フェンリルの家は、父が王となったとき、代替わりした。ヴァナルガンドの家もそれに倣った。ハスキー、イタリアーノ、シェパードは昨年だ。親の代が現役なのはサルーキと、アフガンハウンド、そして斯波。凱家は今回欠席した。理由は明らかにされていないが、フェンリルには後日正式に謝罪を申し入れたい旨の通達が届いていた。

おそらく過日の渋谷の件が理由だろうが、凱単独で行ったわけではないだろう。正式に謝罪を受け入れる際には、罰を軽くする条件と引き換えに裏の事情をすべて白状させるつもりでいた。

「とある場所で、宴当日に備えています」

「狼は我らにとって重要な存在だ。それなのに、当日まで我らにも顔合わせをしないのはどうかと思うがな」

「生憎ですが、これは我が家、サーロスの決定によるものではなく、狗の王の判断によるものです」

　これまでのフェンリルならば、年功序列を重視し、面倒だと思いつつも年上からの意見は多少なりとも取り入れ、門前払いすることはなかった。

　だが今回は異なる。フェンリルの毅然とした言動に、サルーキ当主だけでなく、その場に居合わせたヴァナルガンド以外の人間が驚きの表情を見せていた。

「眠れる銀の主がようやく目覚めたようだ。それだけ狼っ子は特別な存在らしい」

　イタリアーノ家当主、ブラッコはにやにやと笑う。

　軍人一族に生まれ当人も幹部にありながら、人好きのする陽気な性格の男は、子どもの頃からフェンリルを揶揄って遊んでいた。ちなみにランが狼であることは公にされているが、オメガであることはいまだ内密にされている。

　生粋の狼がいただけでも衝撃なのだ。かつオメガとなれば、命の危険も考え得る。

「ええ、特別です。二人とない存在ですから」

　ランは両親ともに狼というだけでなく、母親に至っては絶滅したとされるニホンオオカミの血統だ。内部で狗の研究を行っている部門にとっても重要だ。

「それで、お披露目したあと、どうするつもりだ？」

話を本筋に戻してくれたのはハスキー家当主、アンテロだ。

新興勢力として九家の中では異色だが、その分自由かつ立場の異なる見地からの貴重な意見を出してくれる。つき合いは深くないものの、フェンリルにとって信頼に値する人間だ。

凱家を除く八家の現当主が顔を合わせた場所で、フェンリルは覚悟を決めた。

自分よりも憐れで脆い立場にあるランを護る術はさほど多くない。

狼は誰もが羨む種だが、力は有していない。それこそ血統的に正統な狼だとしても、九家がそれを認めなければ、公として「狼」たり得ないのだ。

おかしな制度だと思うが、そうやってこれまで曖昧な存在の狗を護り続けてきた。

そんな曖昧さが嫌で、私利私欲に満ちた輩も許せなくて、狗であるというだけで利用しようとする人間が嫌だった。

だがそんな曖昧な存在でも、利用の仕方によってはランを護る盾にも剣にもなる。そのためには、フェンリルが権力を握る必要がある。

ランを護るため、フェンリルが狗を利用すればいい。

腹を決めれば簡単な話だった。

おまけに幸いなことにこれまで逃げ回ってきたものの、握ろうと思えば権力はすぐそこにある。

信頼し得るヴァナルガンドもいる。今は表向き逆らっていても、フェンリルが本気になれば、誰もを従えさせることもできる。

上に立つべき存在として育てられてきたことが、今になって活きる。

「ヴァナルガンドや父とも事前に話し合っていたところです。いまだ不確定な事柄も多いのですが……」

フェンリルが話し始めようとしたところで、会議室の扉が勢いよく開く。

「会議中に失礼いたします。緊急事態につき、お許しください」

サーロス家の執事が慌てた様子で入室してきた。

父の代からつかえている実に落ち着きのある男の様子に、フェンリルはただならぬものを感じた。

「どうした。個人的な話か」

「……個人的かつ公的な出来事、かと」

「許可する。ここで話しなさい」

フェンリルはヴァナルガンドに確認してから、執事に促す。

「かしこまりました……狼種の真上ラン様が、狂信者の手の者に奪われました」

「な……」

　フェンリルは思わず立ち上がる。

「どうしてだ。奴らが入ってこられるような場所ではないはずだ」

　驚くほど声が震えた。テーブルに突いた掌に、ぐっしょり汗をかいている。

「どうやら、サルーキ・ガゼル・ハウンド家のご子息、ジャーハンギール様が真上様を連れ出し、狂信者のもとへ向かったと……」

「な……」

「なんだと？」

　フェンリルの上げた声を、ほぼ同時にティムールの上げた驚きの声がかき消した。

「どうしてジャーハンギールがそんなことを。私はそこまでの指示はしていない」

　無意識に口を滑らせたのだろう。ティムールの言葉は、その場にいた誰もが聞き洩らさなかった。

「今の話、どういう意味ですか、ティムール様」

　アンテロの顔から笑みが消える。

「な、んの話だ」

「ティムール様の話の流れからすると、『そこまで』の指示はしていないものの『その手前まで』の指示はされたと取れる」

　立ち上がったブラッコは、先に移動していたヴァナルガンドとともに、ティムールの逃走を阻む場所に立ちはだかった。

「貴方が何を企んだのか、その全貌は改めて問い詰めるとして、今はご子息に対し何を指示したのか洗いざらい話してもらいましょう。ラン……真上ランに何をするつもりだったのですか」

普段穏やかなフェンリルからは想像もできないほど、冷ややかな声で、ティムールを追いつめた。

8

オメガである自分は、男であっても子を生せる——フェンリルにその話を聞いたとき、ランは自分でも驚くほどにショックを受けた。

これまで男として生きてきた己の自我を、根底から崩されたように思えた。

だがその後のフェンリルの説明と、フェンリルの家にあった書物を読んでみた結果、女性になるわけではないという事実を知って安堵した。

同時に、フェンリルの子を身籠もれるかもしれないという事実に、言葉にならない感覚を抱いた。

セックス自体初めてのランは、フェンリルとのセックスがすべてだ。そんなフェンリルとの行為は、出会ってから数日にもかかわらず、数え切れないほどの回数となった。

最初の頃は意識が朦朧としているし、出会ってから二日の記憶はほぼないに等しい。

だがそのときに一度、他とは違う快感を覚えたときがあった。

そしてそれと同じ感覚を、すべての事情を聞いたあとのセックスでも得ている。

何がどう違うのかはうまく言葉にできない。ただとにかく、深い場所での激しい吐精と、それに伴うとてつもない快感を得たのは間違いない。

体中が満たされる幸せな余韻を覚えたのは、その二回だけだったように思う。あのときに芽生えた感覚は、フェンリルからオメガであることを教えられたときに抱いた感覚にとても近い。

両親と別れ一人になったら、いつか家族を作るだろうと漠然と思っていた。だが具体的には描けなかった家族像が、フェンリルとならなぜか見えてしまう。

いわゆる、幸せな家族像とは異なるかもしれないが、もしまかり間違ってフェンリルの子を身籠もったとしたら、ランは躊躇(ちゅうちょ)なしに産むし育てるだろう。

母性などあるわけもなく、親となる覚悟もない。存在しているのは、ただ、あの行為に因って生じる奇跡は、受け入れるべきだという思いだ。

フェンリルに対する感情が何かはわからない。他に縋(すが)る人のない状況で、自分に差し伸べられた手に摑(つか)まったら、それがフェンリルのものだったに過ぎない。

フェンリルも同じだろう。

たまたま求められて取った手が、ランのものだった。そしてたまたまオメガだった。

だとしても、それを運命だとは言えないだろうか。出会うべくして出会ったとは考えられないだろうか。

自分が狼だとも、狗だとも知らなかった。今も狗が何かもわからないし、この先自分がどうなるか想像もできない。

だがこれが現実ならば受け入れるしかない。受け入れたい。そして自分に差し伸べられた手を握って生きていく。フェンリルが一緒なら、生きていける。

幼い頃から一人で生きていくよう育てられてきたランにとって、唯一縋れるかもしれない存在。

そう思えた――はずだった。


しかし、とてつもない頭の痛さから目覚めたランの目の前にいたのは、フェンリルではなかった。

浅黒い肌をしたアラブ出身のサルーキ家の次期当主は、両手首、足首に手錠を掛けられた状態で、背中を丸くして床に横たわっていた。

そしてランはといえば、着ていた物をすべて脱がされた全裸の状態で、ひんやりとした大理石製の祭壇のような場所に手足を固定されて横たえられていた。なんとなく肌にべたつきを感じるのは、オイルの類いを塗られているからだろうか。

不快さに眉を顰めつつ、ランは周辺を見回した。

先端が狭くなっている尖塔形（せんとうけい）の天井に、窓にはステンドグラスが嵌（は）めこまれている。描かれているのは、動物の犬の顔をした人間と、それに群がる人々の姿だった。

「ジャーハンギール様。大丈夫ですか？」

ランがそっと声をかけると、ジャーハンギールが気づいたようで、体を捩（よじ）ってなんとかその場に起き上がった。

「あ、ああ……なんとか生きてる。お前はどうだ？」

「身動きは取れないけど、俺も生きてるみたいです」

とにかく、二人ともとりあえず今は生きている。

「ここ、どこかわかりますか」

小声でも反響してしまう。だからできる限り息を潜める。

「狗の肉が不老不死となると信じている狂信者たちの教会だろう」

「ああ……」

ジャーハンギールの言葉で、なるほどと思う。あのステンドグラスに描かれている絵は、まさに彼らの信じる自分たちの姿なのだろう。

「それで、その人たちはどこに？」

「俺が知るか。おそらく、どっかで集まってなんか企んでるんだろう」

今この状況を招いている一因は、ジャーハンギールにある。それなのにジャーハンギー

ルがなぜか切れている。

「俺が今いるのは、体を切り刻む場所なのかな」

「こんな状態で、どうして物騒なことを呑気（のんき）な口調で言えるんだ」

状況を認識しようとするランと違い、ジャーハンギールはかなり切羽詰まっているようだ。

「どうしても何も、焦ったところでどうにもならないし。それに、今俺たちがこういう状態にいるのは貴方（あなた）のせいなのに、なんで怒ってるんですか？」

「それは……」

わざとランが嫌味ったらしく尋ねると、ジャーハンギールはぐっと言葉を詰まらせる。

（あ、なんか、責任を感じてるっぽい）

もし尻尾があるなら、後ろ脚の間に隠しているだろう。

「なんてね、今はそれについて責めるつもりはないです。ただひとつ教えてほしいことがあります。あのとき、貴方が俺に飲ませたのは睡眠薬ですか」

「そうだ。抵抗されて下手に体を傷つけたら厄介なことになると思った。だから、薬を使った」

ここで恩着せがましく言われてもまったく嬉（うれ）しくない。

「それからもうひとつ質問です。ここは、あのとき貴方が言ってた、『あいつら』の居場所ですか？」

「……そうだ」

苦々しげに肯定する。

「俺を売っぱらうと言っていたのに、なんで貴方まで拘束されているんですか？」

「くっ……」

痛いところを突いたのかもしれないが、本当に疑問だった。

売っぱらうのであれば、ランだけがこの場に置いていかれ、ジャーハンギールは代金を手に入れて逃げているのが当然だからだ。

「それは……」

「それは？」

「本当はお前を引き渡したら、それで俺は逃げるつもりでいた。それなのにあいつら、お前が狼だと知ったら、お前の肉を食らうと言い出したから……」

ジャーハンギールはゆっくり視線を落とし、奥歯を強く嚙み締めた。

「彼らが狗の肉を食らうというのは、本当の話だったんですか？」

フェンリルから狂信者たちの話は聞いたものの、まさか本気で肉を食らう輩（やから）がいると、ランは思いもしていなかった。

「あいつらは、頭がおかしいんだ」

ジャーハンギールは吐き捨てるように言う。

「そのおかしい人たちに俺を売ろうとしたのは、他でもない貴方ですよね？」

嫌味ではなく事実を告げると、ジャーハンギールは「違うんだ」と弁解を始める。

「血液や体液を採るならまだしも、まさか引き渡された直後に、肉を食べるための準備をすると言い出すとは思わなかった」

甘いと言うか、おそらくジャーハンギールもランと一緒で、狂信者と称される存在は知っていても、さすがに血液や体液を摂取しても、狗の体を食べるという禁忌を本気で言い出すとは思いもしていなかったのだろう。

「だってそうだろう？　俺たちは狗とかいう訳のわからない特性があるかもしれないが、見た目も中身もほとんど人間じゃないか。多少違う能力を持ち合わせているだけで、別に俺たち自身、長寿なわけでもなければまったく病気にかからないわけでもない。それこそ俺の兄弟に俺以外にも狗はいたが、ろくに喋れない頃にあっけなく死んじまった。俺たちの肉を食べることで不老不死になるなら、そもそも俺たちが死なない種族だと思わないか？」

よほど溜まっていたものがあったのだろう。そこまで一気にまくし立てて、肩で荒い息をした。

なんだかんだ言いつつも、ジャーハンギールは九家という由緒ある家の「お坊ちゃん」

だ。己の価値基準で物事を考えるため、敵である相手が己の基準を超えるひどいことをすると は考えていないのだろう。

口は悪く何を考えているのかよくわからないが、ジャーハンギールが根っから悪い人間ではないことだけは想像できた。

「そんな相手に俺を売っぱらおうとした理由はなんですか？」

確かに相手が悪いが、そもそもジャーハンギールが自分を売ろうとしなければ、こんなことにはならなかったはずだ。ジャーハンギールもそれは承知しているのだろう。ランが聞くと気まずそうに口を尖らせる。

「拗ねていないで本当のことを教えてくれませんか、ジャーハンギール様」

「様づけは不要だ。それから敬語を使われるのも気持ち悪い」

「でもジャーハンギール様のほうが年上ですし」

「地位はお前のほうが上だ」

「地位は九家が認めなければ確定しないいんじゃないんですか？」

ランは言われたことは忘れない。

「ったく、お前は人の揚げ足ばかり取るな！」

ジャーハンギールは顔を真っ赤にする。

「すみません。でも不思議なんだ」

ジャーハンギールに言われたので、敬語はやめた。

「九家の筆頭、狗の王を狙っているのなら、俺を奴らに売るのは得策じゃない。俺を後ろ盾にしたほうが、支持は受けやすい。よほど金に窮しているなら話は別かもしれないが、一歩間違えれば足元を見られてしまう。となれば理由は金じゃない」

ジャーハンギールの狙いが、ランにはわからなかった。

「王になりたかったんじゃないのか?」

「親父は知らないが、俺がそんなもんになりたいわけがないだろう」

ジャーハンギールは即座に否定する。

確かにこういう男はトップに立つべき男ではない。万が一王になったとしても、面倒臭がって実務はすべて側近任せになるだろう。

「だったら、何」

改めてランが問うと、不自由な状態で頭のそばまで近寄ってくる。

「フェンリルを、救うためだ」

「……救う?」

さらに訳がわからない。どうしてそれでランが売られる羽目になるのか。

「お前も知ってるだろう。フェンリルは心底優しい奴で、王になるような人間じゃない」

「優しい人なら、人々の心がわかっていいんじゃないのか?」

「俺たちみたいに、訳のわからない狗なんて連中を統べる王だぞ。優しいだけでやってられるわけがない」

ジャーハンギールの口調が荒くなる。ひどい言い様だが、一族の人間の言うことだ。事実なのだろう。

「だから？」

先を促すと、ジャーハンギールは一度ゆっくり息を吐いた。

「あいつは優しいんだ。俺は一応長子ってことになってるけど、母親はうちで働いてた使用人で、当然狗の一族じゃない。たまたま狗でアルファっていう優位種が生まれたから、正式に親父に引き取られただけだ」

ジャーハンギールの明かす出生の秘密は、目を通した資料には記されていなかった。

「親父にとって俺は、九家の体裁を保つために必要なだけで、息子だとは微塵も思われていなかった。だから俺の面倒を見る気がなくて、色々な理由をこじつけて、俺と、それから似たような状況のアフガンハウンド家のアフマドの面倒をフェンリルに押しつけた」

おそらくその頃のフェンリルは十五、六歳ぐらいだろうか。

「そのときも、フェンリルはなんだかんだ文句を言いながらも、甲斐甲斐しく世話してくれた。最初の頃はヴァナルガンド任せだったけど、それじゃ駄目だとか言って、ご飯作ってくれたりした。うちの親父みたいな奴を親に持ってるのに捻くれたままの性格にならずに済んだのは、フェンリルのおかげだ」

ランが目覚めたとき、同じように世話をしてくれたフェンリルの姿を思い出した。

今のジャーハンギールもそれなりに捻くれていると思うが、フェンリルと関わらなければ手に負えない存在になっていたということを、当人が自覚していた。

「あいつはいい奴すぎる。生真面目で求められる姿を演じ切ろうとする。自分が王に向いてないとわかっていても望まれれば受け入れて、非人道的なことだって王としてすべきだと言われれば、自分の手を汚してもやってしまうんだ」

ジャーハンギールは今にも泣き出しそうになっていた。

「フェンリルは優しすぎて、自分の喜びや幸せより、他人の幸せを優先してしまう」

堪えていただろう涙が一筋、ジャーハンギールの瞳から溢れ出した。

「親父は俺かアフマドを王にしたいらしい。だから親父は何らかを画策してた」

大きく息を吐く。

「確かに俺が王になればフェンリルが王になる必要はなくなる。でもそんなの、冗談じゃない。俺は王になんてなりたくない。俺が王になって得するのは親父ぐらいだが、親父にいい目なんて見せてやらない」

ジャーハンギールは苦々しげに言葉を吐き出す。

「フェンリルには散々説得した。王になんてならなくていいって。いざとなれば、俺とアフマドが、二人でフェンリル一人ぐらい、逃がしてやるって。もしくは一緒に逃げようと誘った。でも逃げたとしても、ヴァナルガンドが地の果てまで追いかけてくるから逃げられないって笑った」

「想像がつく」

ヴァナルガンドは間違いなく、自分を置いてフェンリルが逃げたら、地の果てまで追いかけていくだろう。

「いっそのこと、ヴァナルガンドも味方につければよかったじゃないか」

「それも考えたが、奴は、フェンリルは王になるべきだとずっと主張し続けている」

「ああ……そうだな」

フェンリルのそばに居続けたヴァナルガンドなりに、彼が王になるべきだという理由があるのもわかる。

「今回の宴（うたげ）の前に行われる式典で、次期王の候補が披露される。他に競合候補がいたところで、候補になったら絶対にフェンリルが王になる。サーロス家ってのは、そういう家だ。おまけにフェンリルのあの容姿を見たら、誰もが特別な存在だと思ってしまう。そうなる前にフェンリルが王に相応（ふさわ）しくないと印象付けるしかなかった」

「それで……俺を売ることにしたのか」

純血の狼の保護を任されながら、その狼を、よりによって狂信者に奪われたとなれば、確かに一大事となる。フェンリルの王たる資質だけでなく、サーロス家の信用問題にも発展しかねない。

　間違いなくフェンリルは王の候補から外される。だがすべては一連の出来事が成功していればの話だ。

「ばかだと思うし、お前には悪いことをしていると思う。だがずっと売ったままにするつもりはなかった。あいつらもせいぜい血液を採るぐらいしかしないだろうと思っていたし、フェンリルが王候補から外れるのを確認したら、救い出すつもりでいた」

　浅はかな計画は見事なまでに失敗した。

　狂信者たちはジャーハンギールの予想を超えた残虐性を持っていた上に、それを看過できるほどジャーハンギールも悪い人間ではなかった。

　おそらく一度はその場を去りながらも、ランを助けるべく潜入した結果がこの有り様なのだろう。

　なんとも愛すべき愚か者だ。

「フェンリルがジャーハンギールを可愛(かわい)がった理由がわかる気がする」

　ランより年上だが、子どもみたいだ。

「なんだ、その言い方。お前のほうが、年下の癖に達観しすぎだろう」

「すみません。達観したくなくても、せざるを得なかったんで……」

ランに優しい両親はいたものの、彼らは十八歳のランと別れる覚悟をしていた。だから、愛し慈しみながらも、一定の距離を置いていた。その距離ゆえに、ランは素直に親に甘える術を忘れてしまったのだ。

それは親だけに限った話ではない。

ジャーハンギールのような無邪気さがランにはない。

「俺がジャーハンギールみたいな性格だったら、色々悩まずに済んだかもしれないな」

出会った直後に我を忘れるほどのセックスを経験したことも、フェンリルの子を産めるかもしれないオメガであることも、当たり前のように喜べたかもしれない。

そうしたら、フェンリルはどうするだろう。

あの性格だ。きっと文句を言いながらも受け入れてくれるに違いない。そして成り行きで二人の間に子どもが生まれたとしても、優しく育ててくれるだろう。出会ってわずかでもわかる。フェンリルはそんな男だ。

「そんな風に思うなら、俺みたいになればいいじゃないか」

悩んでいるのが愚かに思えるように、ジャーハンギールは断言した。

「そんなこと、できればやってる」

「できれば、じゃない。とにかくやってみるんだ。うだうだ考えているなら、とにかく動いたほうが早い。そう思わないか？」

あっけらかんと言われると、胸につかえていた何かがストンと落ちていくような気がする。確かに、考えてもわからないことを考えるより、動いたほうが早い。

「そうだな」

何を躊躇していたのだろうか。

元々何も持っていないのだ。何もしないうちから、失敗したときのことを考えても始まらない。それに万が一失敗したとしても、最初からやり直せば済む話だ。

フェンリルはそれを許してくれる。そんな自分を受け入れてくれる。

「……とにかく、やってみる」

「そうだ。その意気だ！」

なぜかジャーハンギールが励ましてくれる。

「なんであろうと、相手がフェンリルなら、一緒に笑ってくれる」

確かに笑っているフェンリルしか想像できない。

渋谷(しぶや)で見知らぬ人間に追いかけられたとき、ランは必死に逃げた。知らない臭(にお)いに吐き気を覚えて、苦しかった。

このまま逃げ切れるのか。不安を覚えながら足を止めて電話をしていたとき、見上げた先に、ランを見る金色の瞳(ひとみ)があった。

その瞬間、時が止まった。

まるでスローモーションのように、美しい銀の髪が、一本ずつ落ちていった。象牙の如くすべらかな肌に、真っ直ぐな鼻梁。瞼を覆う睫毛もが、髪と同じ銀色をしていた。

『真上——ランか』

名前を呼ばれ腕を掴まれた瞬間に、止まっていた時が動き出した。

嫌悪感を覚えていた臭いが消え、優しい匂いに包まれたあのときの光景は、今も艶やかな記憶としてランの全身に刻まれている。

あのときの記憶が蘇った直後、ランの心臓が大きく鳴った。

「あ」

この感覚には、覚えがある。手首で固定されたまま拳をぎゅっと強く握る。

「ここから逃げるのが先決だが、どうしたものか……」

ジャーハンギールの言葉にランは笑う。

「大丈夫だ」

「全然大丈夫じゃないだろうが！」

青ざめるジャーハンギールとは反対に、ランの頬は紅潮する。

「来てくれた。助けが」

「助けって……」

なんの話だと言わんばかりのジャーハンギールの背後で、突然派手な音がした。

人のざわめき、物がぶつかり倒れる音。それから。

「銃声――?」

ひやりとした直後、祭壇から真っ直ぐ北に向かって延びた先の扉が、バンッと大きな音を立てて開いた。

そして。

9

「ラン！」

高い天井に、天啓のような声が響き渡る。

「ラン。どこにいる。いたら返事をしてくれ」

聞こえてきたのは。

「フェンリル！」

やはりフェンリルが来てくれた。

あのとき、フェンリルの気配を感じてランの鼓動が高鳴った。他の人にはわからないかもしれない。でもランにはフェンリルの匂いがわかった。ということは、フェンリルもランの匂いに気づいたということだ。

フェンリルのもとにすぐにでも飛んでいきたい。だが手足が固定されていて身動きが取れない。

「ラン。どこだ。どこにいる」

匂いがして声も聞こえるのにランの姿が見えないせいで、フェンリルが焦っている。

「奥の祭壇の上にいる。手足を固定されていて動けません」

「祭壇だな。わかった。すぐに行く」

「ジャーハンギールが祭壇の前の足元にいる。それで彼も手足を……」

説明しようとしたとき、ガッと人の殴られる鈍い音がした。何事かと認識する前に、ランは視界を封じられ、甘い匂いに包まれた。

「……ラン！」

その場に固定されたままのランを、フェンリルが頭から抱き締めてくれる。

「フェンリル……」

この匂いと温もり。間違いなくフェンリル、その人だ。

「無事でよか、った……っ」

フェンリルはそこで初めてランが全裸だということに気づいたらしい。

「どうして全裸なんだ。君の服はどこにある？　どこか怪我をしていないか？　何か薬を盛られたりしていないか？」

「大丈夫です。全身にオイルを塗られてるみたいだけど、どこも怪我はしていません。眠っている間に服を脱がされていたみたいで、気づいたときにはこの格好でした」

「眠っている間……ということは、薬を盛られたのか？」

「それは……」

事実を打ち明けるべきか否か悩んでいると。

「薬を盛ったのは俺だ」

ジャーハンギールが頬を押さえたまま立ち上がった。

「打ち明けたということは、私に殺される覚悟はあるんだな?」

凍りつきそうなほど冷ややかな声での問いかけに、ジャーハンギールは強く頷いた。だがそれ以上は何も言わず、フェンリルはランに向き直る。

「この固定はすぐに外す」

革のベルト式で外すのは難しくないらしい。ダークスーツに身を包んだフェンリルは、手にしていたアーミーナイフで、手と足を固定していた金具を外していく。

そうやって自由になったランの手を引っ張って体を起き上がらせると、握ったままの手の甲に、慈しむようにしてフェンリルは口づけてきた。

「無事で……よかった……」

「フェンリル……」

「君が奴らの手に渡ったと聞いたときは生きた心地がしなかった。君に万が一のことが起きていたら、奴らを皆殺しにしていた……」

「俺が生きていたことは、彼らの命を救ったってことですかね」

照れ隠しに茶化して言ったランの頬を、フェンリルは大きな手で包み込んでくる。皮膚に触れた掌(てのひら)から、フェンリルの温もりが伝わってくる。

「ラン……私は君を愛している」

突然の告白に、ランは目を見開いた。

「え……」

出会ってからこれまで、運命論や哲学的な話をしてはいても、互いの気持ちについて語り合ったことはない。だからランは信じられなかった。

半ば運命共同体のような立場にある。フェンリルに依存しかかっているのは、ランも自覚している。でも。

「俺たち、恋愛するような関係にありましたか……」

「出会ってセックスした。それからの日々で私は君を愛した。それでは駄目か？」

フェンリルは真剣だ。

「君が疑問に思うのも当然だ。これまで狗(いぬ)やオメガの話しかしてこなかった。立場や地位や形だけの将来を語りながら、肝心な部分はまったく話せていない上に愛を育(はぐく)むような時間もなかった」

「フェンリル……」

フェンリルの瞳に、ランが映し出されている。そして、ランの瞳にも……。

「盛り上がってるところ、悪いんだけど」

唇を近づけたところで、邪魔が入った。ジャーハンギールが、手錠をされたままの手をフェンリルに差し出してきた。

「まだいたのか」

フェンリルはため息混じりに呟いた。

「俺だって早いところ邪魔にならないように逃げたかった。さっき俺が話をしたときにフェンリルが俺の相手をしてくれていれば、こんな風に最悪なタイミングで二人の邪魔をしなくて済んだ」

「よく言う」

相変わらず絶妙な責任転嫁だ。フェンリルは苦笑した。

「お前は子どもの頃から、都合の悪いことはなんでも他人のせいにする。悪い癖だ」

「育てたのはフェンリルじゃないか」

ジャーハンギールは開き直った。

「扉を出たところに、ヴァナルガンドたちが待機している。そこで外してもらえ。ランは無事だと伝えておけ」

手錠を外してやるのかと思ったが、フェンリルは顎(あご)で出口を示すだけだ。

「ええ、このまま？」

「自分のしでかしたことを反省するなら、そのぐらいは当然だろう」

そう言われてしまったら、ジャーハンギールも何も返せない。

「わかった……ついでに、しばらく中に誰も入らないように伝えておく」

「さすが私の可愛い(かわい)ジャーハンギールだ。素直でいれば、この先も悪いようにはしない」

「はーい」

見事な飴(あめ)と鞭(むち)だ。

フェンリルに子ども扱いされて文句を言っても、ジャーハンギールはまんざらでもないらしい。

ぴょんぴょん跳ねながら扉に向かっていく後ろ姿を見送っていたランの顎に、フェンリルの指が伸びてくる。

「悪かった。ジャーハンギールが君を危険な目に遭わせた」

「フェンリルが謝ることじゃない」

「だが九家の一員な上に、私の弟みたいな存在だ」

ジャーハンギールが聞いていたら、泣いて喜ぶに違いない。フェンリルがこんな状態でも「弟」と言うのだ。絶対に悪い人間ではない。

だから。

「謝るのは彼自身にしてもらいます」

「そうか」

ランの意志を汲んでくれたフェンリルは、微笑みを浮かべたままの唇を重ねてきた。

ただ、触れるだけのキスのあと、コツンと額に額を押しつけてくる。

「フェンリル……」

「改めて言おう。ラン。私は君を心から愛している。そして君のために、私は狗の王になる決意をした」

「どうしてですか」

フェンリルが王になることと自分には、いったいどんな関係があるのか。

「王になって、君や君の両親のような存在が立場を隠すことなく、少しでも生きやすくなるよう、私たちの世界を変えていく。そうすることで近い将来、君の両親との再会も果たせるだろう」

胸がぎゅっと締めつけられる。まさかフェンリルがこんなことを考えてくれていると は、想像もしていなかった。

両親は生きているだろうと信じている。でも二度と会えない覚悟もしていた。

「そうなったら嬉しい……」

「ヒトと私たちの関係性ももう少し変えていければいいとも考えている。狗の特権など既にないに等しい。ただ血を受け継ぐためだけの交尾も不要かもしれない。愛する者同士がお互い尊重し合える関係を築いていきたい」

会えずにいたこの数日の間に、フェンリルに何があったのだろうか。あまりの変化に、ランはただ話を聞くことしかできない。

「これはあくまで私の気持ちであって、君に何かを強いるつもりはない。何しろ君はまだ一族のことを知らない。この先君が狗と関わりなく暮らしたいと望むのであれば、そうできるように尽力する。逆に狗の世界で暮らす道を選ぶのであれば、君のやりたいことを優先しよう」

「……俺とフェンリルとの関係はどうなるんですか？」

「私の想いは私の一方的な感情に過ぎない。君に私と同じ気持ちになれと、強いることはしない」

そうやって優しく微笑む様子を見ていたら、ジャーハンギールの話を思い出した。

『フェンリルは優しすぎて、自分の喜びや幸せより、他人の幸せを優先してしまう』

あの男の言う通りだ。

フェンリルは他人の幸せを優先する。

望まれたから王になる。

ランが生きやすくなるようにと、王になる。

そして、ランに愛していると言いながら、ランが望まないのであれば、自ら身を引くつもりなのだろう。

「私の幸せは君の笑顔だ」

「俺の幸せはなんだと思う？」

ランが尋ねると、フェンリルは眉を顰める。

「君の幸せは……」

「俺のことを愛していると言いながら、俺の幸せがわからないなんて駄目じゃないか」

笑いながら胸が苦しくなる。

いわば絶体絶命の状態で、ランはフェンリルが近くまで来ていることがわかった。離れていてもフェンリルの匂いがわかったのだ。

ランを助けようと必死になっている姿まで見えるようだった。

愛されていることを実感する。

両親の与えてくれた愛とは違う。もっと直接的でもっと柔らかくてもっと切ない。

「申し訳ない。改めて君のことを見つめ直して……」

正直にランに言われたことを実行しようとするフェンリルが愛しい。

「どうせ見つめるなら、近くで見たほうがよくないですか」

ランはフェンリルのネクタイをぐっと引き寄せる。鼻先に小さく口づけると、フェンリルが目を瞠った。

「……ラン」

距離が近づくことで、甘い香りが漂ってくる。濃厚さに軽い眩暈を覚える。

「正直言うと、俺はまだフェンリルを愛しているかわからない」

本音を明かすとフェンリルは眉尻を下げた。

「それは……」

「でも、フェンリルと一緒にしたいことがある」

「それはなんだ」

「教えたらしてくれる?」

ランは微笑むと、唇をフェンリルの耳元に寄せて、吐息で訴えた。

「フェンリルの子どもを産んでみたい」と。

すぐに前に向き直ってフェンリルの反応を確認する。

喜んでくれるだろうと思っていた。しかしランの言葉に、フェンリルは眉間に深い皺を刻む。

「君の気持ちは嬉しい。だが、産んでみたいという、興味本位で試せる話ではない。それにいざ妊娠したら、元々男性である体には想像以上の負担があるらしい」

説明をするフェンリルは真顔だ。

「それに、あくまで妊娠可能な体になるだけであり、必ずしも子どもができるわけではない。おまけに狼(おおかみ)としての君の立場が確立していない状況だ。その子どもがどんな運命を辿(たど)るか道筋ができていない。それから……」

ランはフェンリルの唇にそっと人差し指を立てる。

「フェンリルが俺を心配してくれているのはわかった」

元々の知識に加えて、ランがオメガだということで、色々調べたのだろう。これだけ勉強熱心で優しい男なら、本当に妊娠しても大丈夫だろうと思える。

「それから、妊娠が大変なこともわかってる。もちろん想像でしかないけど」

でもランの言いたかったことは、そこではないのだ。

「わかっていても、フェンリルが欲しい」

遠回しにではなく今の想いを伝えると、フェンリルの表情が変化していく。

「ラン……」

「フェンリルみたいに愛していると言えない。だから、今のこの想いは本能によるものだけかもしれない。性欲に塗(まみ)れた淫乱(いんらん)なだけかもしれない。でも、とにかく、フェンリルとセックスしたい。もっとしたい。たくさんしたい。フェンリルの温もりが欲しい。キスしたい。フェンリルの熱を感じたい。気持ちよくなりたい。セックスしたいけど、フェンリルとしかしたくない」

想いを言葉にしていたら、ランの下肢がはっきりと濡(ぬ)れてくる。

「薬、飲んでいないのか？」

フェンリルもそれに気づいていた。

「飲んでる。でも……フェンリルの匂いに包まれたら、こんなになってた」

目で見てわかるほどに脈動し、小刻みに震えながらラン自身が硬くなっていく。

「駄目、かな」

フェンリルの両手を、正直に自分の下肢に導く。フェンリルの指が触れた瞬間、そこは陸に上げた魚が如く大きく弾んだ。

「見てよ。したくてしたくて……フェンリルが欲しくて……頭、おかしくなる」

フェンリルの上着に手を掛けてそれを脱がし、ネクタイの結び目に指を差し入れて左右に揺らす。シャツのボタンをひとつずつ外してから、裾をウエストから引き抜いて前を開けた。

露になる肌から、フェンリルの匂いがゆっくり流れ出してきた。ランは胸に人差し指を伸ばし、そこからゆっくり下方へずらしていく。

ベルトを外し、ファスナーを下ろした中には、ランのせいで熱くなっただろうフェンリルの欲望が潜んでいた。

「欲しい」

下着の上からフェンリルの欲望に触れる。

「ここにあるフェンリルを、俺の中に挿入れてほしい」

ランの唇を自分の口で封じながらフェンリルは体重を押しつけてきた。

冷たい大理石の床にランの背中を押しつけ、狂おしいほどのキスをしながら、フェンリルは忙しなく己の性器を取り出した。

「こんな状態でなし崩し的にセックスして、後悔しないのか?」

「するかもしれない。でも今、しないでいるなんて無理。フェンリルだってそうでしょう?」

フェンリルは既に高ぶり、真っ赤になっている。

ランは無意識に生唾を飲み込み、誘うように両足をフェンリルの腰に巻きつけた。目一杯いやらしくフェンリルを誘う。

「早く……挿入れ、て」

「ラン。そんな風にしたら挿入れられないだろう」

「やだ。駄目……」

少しでもフェンリルが離れていくのが耐えられない。薬の副作用もあるのかもしれない。急激に強くなった快楽に、理性が一気に溶かされてしまった。

(駄目だ。頭がバカになってる)

セックスのことしか考えられなくなっている。

「そんな顔をしないでくれ」

フェンリルはランに啄むようなキスを繰り返しながら、やっとのことで掲げた足の間に腰を差し入れ、ひっきりなしに収縮する場所へ己の先端を押し当ててきた。

横から抱くようにして、フェンリルがランの中に挿入ってくる。

「あっ、んん……」

ず……っと、先端の抉れた部分まで挿入ったところで、一旦フェンリルの動きが止まる。

「何……？」

「ゆっくりランを味わいたい」

フェンリルの手がランの下肢に伸びて、根元から扱かれる。躊躇していたはずなのに、すっかりフェンリルはランを焦らす素振りを見せる。

「そんな風に撫でられたら、すぐに達、っちゃ……っ」

言ってるそばからランは軽く達してしまい、放ったものでフェンリルの手を汚した。だが気にすることなく、フェンリルはそのままランが吐き出したものを潤滑剤代わりに愛撫を続けてくる。

同時に、途中まで挿入したところを細かく突き上げてくる。

「あ、や……っ、そこ、駄目……よすぎて、んん……」

　突かれた刺激が直接腹の内側に伝わってしまい、射精したばかりなのにまたすぐに硬くなっていく。

「ここがいいのか？」

「駄目。両方からされたら、頭、おかしくなる……」

「おかしくなっていい」

　フェンリルは耳朶に歯を立ててくる。

「頭も体も私だけになってほしい。ランが気持ちよくなることをいくらでもしてやる。何度でも達かせてやる。ランが望むだけセックスをしよう。何度も愛し合って射精し合おう。何も考えられなくなって本能だけになったら、何かわかるかもしれない。そしていつかランも私を愛してくれたら、私は自分のすべてをランに捧げると誓う」

　焦れったいほどにゆっくりとしたフェンリルの腰の動きに、ランの内壁がゆっくりたっぷり擦られ翻弄され続ける。ランの肌に銀の髪が落ち、そこをゆっくり撫でていく。

「フェンリル……」

「もう一度告げる。私は君を愛している」

　フェンリルは確認のような告白ののち、ひと際強く腰を突き上げる。ステンドグラスの外から射し込む陽射しの中、ランを極みへと連れていった。

そこから広尾にあるフェンリルの家まで、どう戻ったのかランは記憶にない。射精後の余韻の中で、フェンリルの腕に抱えられたような覚えが微かに残っていた。

気づいたときにはランにとって馴染みのあるベッドの中で、フェンリルに抱き締められていた。

いつの間にかシャワーも浴びていたらしい。オイル塗れになっていた肌も洗われた。心地よい温もりの中にあっても、ランはまだ眠れる状態にはない。

朦朧とした意識の中、ランは当たり前のようにフェンリルを求める。フェンリルも同じだったのだろう。綺麗になったランの肌を、丹念に確かめるように口づけていく。

「擽ったい……」

既に一度高められた肌に、優しすぎる愛撫はもどかしいだけだった。ランは性急にさらなる強い刺激を求めて腰をくねらせるが、フェンリルはすぐにはそれに応じてくれない。

「どうして？」

問いかけるランの頬を撫でてフェンリルは優しく微笑む。

「さっきは性急過ぎた。だから今度は、君をゆっくり愛したい」

優しく頬に触れた唇が熱い。

「あ……」

「発情のせいではなく、愛しているから君を抱きたい」

顎へ、そして首筋へフェンリルの唇が移動していく。柔らかく肌を啄みながらの愛撫で、少しずつ腰が疼いていく。

小さな快楽の蕾が、薄い皮膚の下でぽつぽつ綻ぶ感覚に、ランはひっきりなしに足をシーツの上で滑らせる。膝を立てては伸ばし、伸ばしては立てることで、内腿に広がるむず痒さを懸命にやり過ごそうとした。

だがその間で欲望が大きくなっているのが隠せるわけもない。

「ラン」

耳朶を甘く噛まれる。

「ラン……ラン、ラン」

フェンリルは何度も何度もランの名前を繰り返しながら、全身を余すところなく唇で愛撫していく。決して歯を立てることなく、あくまで唇と舌を使い、丁寧に丹念に、甘く刺激し続けてくる。

だから、ひっきりなしに押し寄せる疼痛は、緩い波のままだ。でもしっかり確実に、ランの理性を溶かしていく。

「フェンリル……」

ランは体をくねらせながら、フェンリルの愛撫を受け入れる。過敏になったランの肌を、フェンリルの銀の髪がゆったり滑っていく。細く柔らかく艶のある髪までもが、ランの体を愛撫する役割を果たしている。

　汗ばんだ肌に絡みつき、纏わりつく。逃れようとしても逃れられない。優しいからこそ迷宮に紛れ込んでいくような気持ちになる。

「ラン……」

　フェンリルの舌がようやく、ランの胸元へ訪れる。色の異なる輪郭部分から、ゆっくり舌先で突かれる。軽い刺激でも、そこまでで既に緩く、深い部分から高められているせいで、痛いぐらいの刺激となる。

「あ……っ」

　腹がびくりと反応し、下肢が震える。触れていないのに高ぶるラン自身に気づいてフェンリルが眦を下げた。

「もうこんなになってるのか」

　舌先で乳首を転がしながら、ランに手を伸ばしてきた。硬くなった先端を摘み上げ、指の腹でそこを押さえつけてくる。

「や、あ、んっ」

　堪えられずに漏れた甲高い声に、フェンリルはふっと笑う。

「このぐらいのことでも気持ちいいのか?」

視線でも尋ねられて、ランは強く頷く。

「気持ちいい……」

すぐにでも体を繋ぎたかったのだ。

それを焦らされた状態で生殺しのような愛撫を続けられている。内腿を擦り、なんとかやり過ごそうとしても、フェンリルが与えてくる愛撫のせいで、また新たな波が襲ってくる。

外側からだけでなく、内側から擦ってほしい。

「でも……もっと」

ランはフェンリルを誘う。

「もっと?」

ランが何を求めているかわかっていて、フェンリルは焦らしてくる。

「もっと……欲しい」

「何を?」

わかっているだろうに、ラン自身に望みを言わせようとする。

「フェンリルが」

ランはフェンリルの手を摑み、しっかりと己の下肢へ押しつける。

「ここ、触っていいのか?」

指先で先端を弄り続けている。

「……もっと」

ドクドク脈打っているのが自分でもわかる。

「こっちは？」

フェンリルはランの手から逃れ、熱い花芯のもっと奥にある場所に指を伸ばしてきた。

「や……！」

きゅっと締めつけた中心に突き立てられた爪の刺激で、快感が一気に走り抜ける。同時に性器が跳ね上がって、先走りの蜜が飛び散ってしまう。

ランの放ったものが、透き通るように白い肌を汚してしまう。

「あ……ごめ、ん……」

フェンリルは拭おうと慌てて伸ばしたランの手を摑み、濡れた指先を当たり前のように己の口の中へ運んでいく。

赤い唇と赤い舌が、淫らにランの指を嘗める。

ピチャリと立てられる水音に煽られ、わざと舌の動きを見せびらかされる。爪の先から指の根元まで、ねっとりと嘗められる様を見ていたら、フェンリルと繋がっているときを思い出してしまう。

フェンリル自身と、彼を包む自分の中は、もしかしたらあんな風に赤く熱く淫らに動いているのかもしれない。

「ラン」

歌うように名前を呼ばれる。

「欲しいか？」

自分の手ごとランの手を包んだフェンリルは、己の欲望を示す。二人の手の中のフェンリルの脈動の熱さに鼓動が高鳴ってくる。

「……欲しい」

早く。欲しい。

挿入れてほしい。

「それなら、挿入れるよ」

大きく開いた足の中心が、どんな風になっているか、ランには想像ができた。

フェンリルが欲しくて、淫らに収縮し、蠢いている。

そんなランの場所へ、フェンリルはこれ以上ないほど猛った欲望の先端をゆっくり押しつけてくる。

「あ……っ」

窄まったところに突き立てられる感覚だけで、ランは歓喜の声を上げる。ぐっと腰に響く刺激で、一瞬頭が真っ白になった。

達った——そう思ったのに、ラン自身は射精していない。

（なんで……）

「中で達ったんだね」

混乱するランの様子に、フェンリルは幸せそうに笑ったまま、己を先に突き進めてきた。ランは何も言っていないのにフェンリルにはすべてわかっているらしい。

「君の中、すごく柔らかくなって熱くなってる。私を奥まで飲み込んで痛いぐらいに吸いついてくる。ここが、気持ちいいって、必死に訴えてる」

フェンリルはランの腹の上から、自分が挿入っている場所を刺激してきた。

「や、駄目……そ、こ……」

喋ろうとしても舌が痺れたみたいになって上手く言葉が紡げない。目の前が銀色に光って、体が小刻みに震えている。

「や、また……また、くる。大きいのが、く、る」

ランはぎゅっと目を閉じて、頭を左右に振る。これまで経験したことのない濁流が、腹の奥底から押し寄せてくる。

抗う間もなく、飲み込まれてしまう。

「や、や……あ、あ、あ……達、く……フェンリル。達、っちゃう……達、く、あ、あ、あ……」

「いいよ……達けばいい。何度でも、ランが達きたいだけ。しっかり、君の体は私が捕まえているから」

フェンリルは何が起きているかもわからず暴れるランの手を摑み、指一本ずつに自分の指を絡めてくる。しっかりと握り合った掌から伝わる温もりが、ランに不思議な安堵感をもたらす。だがその安堵感も一瞬のうちに消えていく。

「……フェンリル……っ！」

「愛している。ラン」

重なり合った胸から伝わるフェンリルの鼓動の中、ランの意識は何度目かわからなくなった快楽の渦に飲み込まれていった。

狗たちの宴は、想像以上に盛大かつ豪華なものだった。

表向きは、世界有数の企業主催のパーティーだ。外資系ホテルの最大の宴会場にも入りきれないため、同ホテルの別の宴会場では映像が流されるという異例の事態が起きていた。

ヴァナルガンドいわく、純血狼であるランを一目見ようと、多くの人が会場に押しかけたらしい。

それよりも、狗の一族がこれほどまでに存在していたという事実にランは驚いていた。

「言っただろう？　既に狗はヒトの世界に深く溶け込んでいるのだと」

フェンリルは今日、正式に次期王として名乗りを上げることとなっていた。

サルーキ家の失態もあり、フェンリル以外の候補者が現れなかったため、実質的に次期王にフェンリルが確定した。

フェンリルの父はサーロス家当主を退き王になったものの、ほぼ隠居状態なのだという。だから名実ともに、フェンリルが狗の王になる日は近い。

宴の前に行われる式典で、王の前で宣誓するというフェンリルは、長い銀色の髪によく似合った光沢のある糸で繊細かつ美麗な刺繍（ししゅう）の施された、膝丈のジャケットを羽織っていた。同じ生地のパンツに膝丈の白のブーツ姿は、中世ヨーロッパの王の衣装をモチーフにしているらしい。

「よく似合っています」

ランはまじまじとフェンリルの立ち姿を眺めて、感情たっぷりに賞賛する。

「ありがとう。そう言うランも素敵だ」

フェンリルはランを見て目尻を下げる。

「ありがとうございます」

互いを褒め合う姿を、漆黒の護衛の衣装に身を包んだヴァナルガンドが満足げに眺めていた。

「ったく、ここは公の場だ。イチャイチャするのは自分たちの家に戻ってからにしてくれないかな」

その隣で、同じく漆黒の衣装を着たジャーハンギールが、笑いながら抗議してきた。

今回の一連の件では、動いたサルーキ家には厳罰が下り、当主の更迭が決定した。

次期当主のジャーハンギールがランを誘拐した件は、自白したこと、ランが訴えなかったことにより、不問に付された。が、自らフェンリルの従僕になることで罪を贖う旨を宣言し、真の意味での解決となった。

罪を贖うのは建て前で、フェンリルのそばにいたいというのが本音だろうとランは踏んでいるが、そこはあえて黙っていてやろうと決めた。

何しろ今や、ランにとってのよきライバル的な存在となっているためである。ジャーハンギールは今度、彼と一緒にフェンリルに育てられたアフマドを連れて遊びに来ると言っている。

ちなみに、今回の宴にはアフマドは来ていないようだ。

いまだランたちを捕えた狂信者たちの実体は摑めていない。

あの場にいた信者はすべて「一般」信者であり、内部のことを知る者はいなかった。

形はあれど実体が見えないという、薄気味悪い団体であることに変わりはない。

「それで、宴の形式も変わるんですか？」

式典でのスピーチ内容について最終確認をしながら、ランは尋ねる。

「ああ。これまでの『子を生すため』という目的自体は消えないが、そのための道筋を作っていく場所へと変化させる」

とはいえ、元々発情期にある者たちの集まりのため、実情が変化していくには時間がかかるだろうと思われる。

「まあ、一朝一夕になし得るものでもない。私が王になったときの課題として、取り組んでいくつもりだ」

「俺にできることがあれば、お手伝いさせてください」

「もちろん、期待している」

ランは正式にサーロス家を後見として、狗の世界で生きていく道を選んだ。

狼である自分に何ができるのか、まだ模索中だが、フェンリルの目指す新しい世界で、生きていくこと自体に意味があると思っている。

何もかもが順調に運ぶ中、ただひとつ、残念なことがあった。

現状、男性同士の結婚が、狗の世界においても許されていない。元々、「結婚」という概念自体が曖昧なせいもあるが、男が子を産めるにもかかわらず、男性同士が結婚できない現状に、フェンリルは激怒していた。

「私はランと正式に結婚したい。だからまずは法律を変える」

ラン自身は別に形にはこだわらない。フェンリルの子を産みたいと望みはしても、結婚したいと思ってはいなかったからだ。

でもフェンリルはランとの間に子を作る前に、何がなんでも法律を変えると意気込んでいる。その目標があれば、どんなに困難だろうともやり遂げる力になるらしい。

穏やかで優雅で物静かでクール。フェンリルのかつての印象はこうだ。だがランの前で見せる甘い表情や、婚姻の件で燃える姿は、かつてのフェンリルからかけ離れていた。

だがフェンリルいわく、本来の彼は情熱家らしい。封じられていた本性が表に出るようになったに過ぎないらしい。

「頑張ってください」

ランは笑顔でどこか他人事のようにフェンリルを応援する。

次の発情期は間近に迫っている。だが二人ともに抑制剤を服用しているため、なんら問題はないとフェンリルは思っている。

だがランはフェンリルにもらった薬を服用していない。

フェンリルが薬を飲んでいても、オメガの匂いには勝てないことを、ランは知っている。

このことを、実はフェンリルは知らない。

やさしさはつみ

フェンリルはその容姿や家柄から、まったく家事をしないと思われがちだ。それこそ中世の貴族の御曹司の如く、家事のみならず着替えにいたるまで、専用の従者が就いていると勘違いする者までいる。

冷静に考えれば、そんなはずがないと想像がつくだろうに、フェンリルの現実離れした容姿が、他の人の目や思考を惑わすらしい。

（まったくいい迷惑だ）

幼い頃ならともかく、三十歳まで数年のこの年になってなお、そんな妄想を抱く輩を相手にするのが面倒になった。

フェンリルが何をどう説明しようとも、そういう人はまともに話を聞こうとしない。そして己に都合のよい解釈をする。だからいつしか、「言いたい奴には言わせておく」ようになった。

実際のフェンリルは、自分のことはなんでも自分でする。それどころか、十五歳の頃には、年下の一族の子どもの面倒をみていたぐらいだ。

まるでしつけがされておらず、わがままで人の話を聞かない。野良犬みたいな性格の割に、中途半端にプライドだけは高い。本来、フェンリルが彼らの面倒を見る義務はなかった。だが、ここで自分が見放したら、彼らは取り返しがつかなくなってしまう。一族を忌み嫌い、何よりそのしがらみを厭っているフェンリルは、同じ苦しみを味わう子どもたちを、放置できなかった。一人は、サルーキ家のジャーハンギール。もう一人は、アフガンハウンド家のアフマド。

野生の爪を立て、フェンリルに敵意を剝き出しにする子犬を、時間をかけて手懐けた。そして気づけば、浅黒い肌が印象的な、凜々しさと品を兼ね備えた、洗練された美しい青年に成長した二人は、フェンリルの弟のように従順になっていた。

互いの生活に忙しくここ数年は、一族が顔を合わせる場所以外で話もできずにいたが、だからといって過去が消えるわけではない。

真上ランとの出会いを経て、フェンリル自身が一族の長として生きる道を選ぶそのタイミングで、ジャーハンギールとアフマドは、再び頻繁に顔を見せるようになった。

慕ってくれるのは嬉しいし、建て前や見栄、欲望、陰謀が渦まく世界の中で、心より信頼の置ける人間が身近にいるのは有り難い。

「ねー、フェンリル。ランの奴、まだ寝てるの？」

が、加減は心得てほしいと、さすがのフェンリルも思いつつあった。

「せっかくこんなに美味い朝食をフェンリルが作ってくれてるのに、勿体ない。アフマドだってそう思うだろう?」

皿に盛られたソーセージとオムレツをガツガツ食べながら、ジャーハンギールは隣で自分と同じようにフェンリルの作った朝食を摂る幼なじみに確認をする。

ジャーハンギールとアフマドの関係は、幼なじみというより兄弟に近い。

元々又従兄弟で、互いに本家に引き取られてすぐ、フェンリルのもとに預けられた。

親に押しつけられたジャーハンギールと異なり、アフマドの場合、実は当人の意志によるところが大きい。要するに、最初のうちは別として、途中からはアフマド自身が、「フェンリルのところへ行きたい」と、積極的に両親に訴えたのだ。

いずれにせよ二人にとってフェンリルは、様々な面において「師」であり「親」であり「兄」で、かつ彼の作る料理は、ある意味「お袋の味」といえた。

手料理はもちろん、食事らしい食事を味わってこなかった二人が、健康的に育っただけでなくそれなりにグルメに育ったのは、間違いなくフェンリルのおかげだ。

「感謝しなさい」

フェンリルが冗談めかして言うと、ジャーハンギールは「当然!」と真顔で応じる。

「フェンリルにはこれ以上ないほど感謝してる。俺たち、マジでフェンリルいなかったら、ろくな人間に育たなかったから」

ジャーハンギールの言葉は本心からのものだ。

大人たちは勝手なものだ。

ある程度の年齢に成長してからは、家同士の関係もあって、子どもの頃のように頻繁にフェンリルのもとへ訪れられなくなった。それこそ厄介払いのようにフェンリルに押しつけていたことなど忘れたように、サルーキ「家」とアフガンハウンド「家」は、表立ってフェンリルの家であるサーロス「家」に露骨にライバル心を見せるようになったかと思うと、対立するようになった。

当人が望まずとも、家の争いには巻き込まれてしまう。個人的に連絡を取っていても、立場が邪魔をする。結果、ここ数年は、フェンリルの手料理を食するのはもちろんのこと、公の場所で会話することも難しくなってしまっていたのだ。

だから、こうしてまたフェンリルの家を訪れ、子どもの頃に食べてきた料理を再び食べられるのが、ジャーハンギールは嬉しくて仕方がなかった。

自分の皿の料理を平らげると、一種類ずつきちんと料理を残すアフマドの皿に、フォークを突き立てようとする。

が、その前に、勢いよく頭を叩かれた。

「痛ってぇー！　アフマド、てめえ、どういう……」

つもりなのかと続けようとするが、アフマドの視線に気づいて唇を閉ざす。彼は手にしていたカトラリーのナイフの先を、ジャーハンギールの喉元に向けていた。

「あ、ぶねえな。お前、俺のこと殺す気か？」

基本、柔らかい料理を切るための刃先だが、渾身の力で喉に突き立てれば、人の命を絶つことも可能だ。

「フェンリルが作った僕のための料理を横取りする奴は、万死に値する」

「うわ。マジか。聞いた？　フェンリル。アフマド、兄弟にも等しいこの俺を、あんたの料理を奪おうとしただけで、殺そうとする。あり得ない」

ジャーハンギールはわざと大げさに言って、フェンリルに訴える。が、さすがに昨日今日の仲ではない。

子どもの頃から育ててきたと言っても過言ではない。だからその場面を見ていなくても、それぞれが何をして今こうなっているかぐらい、フェンリルはわかっていた。

明朗快活で唯我独尊。俺様気質が強いジャーハンギールと、アフマドは表向き対照的なタイプだと思われている。実際無口で物静かで、あまり自己主張もしない。フェンリルやジャーハンギールの言うことには、大人しく従っている様に見える。

だが実際は異なる。

確かに滅多に怒らないし、無口なのも事実だ。だが我は強く、「こう」と思ったらてこでも動かない。かつ、「嫌」なことは絶対にしない。

ジャーハンギールやフェンリルに従うのは、彼らの言うことに同意でき、嫌なことを言われないからであり、そうでない相手の指示には余程のことがない限り従わない。

家の名前でもある「アフガンハウンド」の毛質によく似た、艶のある美しい茶色の髪と穏やかな顔立ちとは反対に、かなりの武闘家でもあった。

幼い頃から一通りの対人格闘技を学び、武器一般の扱いにも長けている。何に対しても「とりあえずやってみる」ジャーハンギールとは逆に、「理解や納得するまで動かない」タイプだ。その代わり、自分で納得してからの動きは素早い。

今回、サーロス家に対してサルーキ家が引き起こした一連の事件に、アフガンハウンド家は直接的には関わっていない。だが水面下で様々な形で手を貸していたのは紛れもない事実だ。

それを知ったため、アフマドは今回の宴には不参加を決めた。かつ、フェンリルが対抗するときに必要な資料を、密かに集めていたのである。アフマドにとって優先すべきことは、狗でないのは当然、己の家の利益でもない。自分たちを育ててくれたフェンリルであり、兄弟のようなジャーハンギールだった。

要するに、アフマドが己の意志を露わにするのは、フェンリルやジャーハンギールの前だけだ。

そしてアフマドは、本気でジャーハンギールに怒っているのだ。

「気持ちはわかったから、アフマド。まずそのナイフは下ろしなさい」

フェンリルは穏やかに微笑(ほほえ)み、ジャーハンギールに向けてナイフを握ったアフマドの手に、自分の手を添えてゆっくり下げさせる。

それが不満なのか、アフマドは黒目がちな瞳で見上げてくる。

「ジャーハンギールの意地悪は、これで許してあげてくれるか?」

フェンリルは別の皿に盛ってあった料理をよそってくれる。

「いいの? だって、それ……」

アフマドは先の言葉を視線で訴える。

「心配しないでも大丈夫。他の料理を作れば済むことだから」

「他の料理?」

ジャーハンギールがフェンリルの言葉に反応する。

「お前たちの分じゃないから」

笑いながらも、フェンリルはしっかり釘(くぎ)を刺す。

「えー、そんなこと言わなくてもいいじゃんか。だってあいつ、まだ寝てるんだろ?」

ジャーハンギールは視線を、今いるリビングの先に向ける。

「もう昼過ぎなのに、まだ寝てるなんて、昨夜はよっぽど激しかったんだろ?」

ジャーハンギールはフェンリルを揶揄(からか)うように言う。

狗たちにとって、発情期に関する話は禁忌ではなく生活の一部だ。つまり食事の話をするのに近い感覚だ。幼い頃から当たり前に会話に出てきていたし、ジャーハンギールとアフマドに発情期に関して教えたのもフェンリルだ。

それゆえに当たり前に発情期を迎えられたし、成人してからもこうして話をする。

ちなみに成人して間もない二人は、今のところ子を作る必要はないため、従来の「子を作るためだけ」の宴に参加した経験はない。

日々薬を常用することで、強い発情期に悩まされることも、「表向き」はなかった。だが、周囲のプレッシャーは常に肌感として味わっている。

自分たちでもそうなのだから、既に当主としての日々を送っているフェンリルにかかっているプレッシャーが半端ないことも、ジャーハンギールは想像できていた。

だからずっと心配していたし、気になっていた。周囲に文句を言われるぐらいなら、とりあえずさっさと子どもを作ればいいと思う反面、そういった形でできた子どもたちがどういう目に遭うか、身をもって知っていた。

自分たちのような子どもが増えることは望まない。それに、自分たちのフェンリルが、誰かのものになるのも嬉しくない。

伝説の存在、フェンリルと名づけられたサーロス家の当主は、狗の象徴であり、誉れであり、憧れの立場にある。

そんなフェンリルに相応しい「狗」は、ジャーハンギールもアフマドも考えつかなかった。納得できない相手と交尾するぐらいなら、いっそのこと一人でいればいい、とも思っていた。

複雑な日々を過ごしてきていた中で、まさに運命のように、稀有な存在である「狼」の真上ランがフェンリルの前に出現した。

狗のしがらみから逃れ、ひっそりと暮らしていたランの両親が、自分たちの子の将来を憂い、サーロス家に助けを求めてきたのだ。

アルファの中のアルファ、狗の象徴とも言うべきフェンリルと、稀少種である「狼」で、かつ「オメガ」、つまり男でありながら、狗との交尾によって子を生せる存在であるランが出会った。

これを奇跡と呼ばずしてなんと言うか。

「ランは、まだ寝てるのか？」

アフマドが尋ねると、フェンリルは「多分」と応じる。

「多分って何、多分って」

ジャーハンギールが間髪容れることなく突っ込んだ。

「一緒に寝てるんでしょ？　それなのに、多分って何」

フェンリルとランが交尾したことは当然知っている。驚いたことに、ランはこれまで発情期を経験してこなかったらしい。

だから狗的に、彼らの行為は「交尾」ではないのだが、ここであえて「セックス」というのも、それはそれでジャーハンギールにとっては複雑なものがある。

狗の世界において、「交尾」と「セックス」はある程度異なる意味を持っている。

交尾はあくまで「子を作るための行為」であり、そこにジャーハンギール的には感情は伴わない。伴わせたくない、というのが正確なところだ。

だから、フェンリルとランの場合、「セックス」なのかもしれないが、二人の関係が「恋人」である事実を、表立って納得したくないのだ。

「一緒に寝てないよ」

ジャーハンギールの問いに、フェンリルは静かに応じる。

「………え?」

「交尾してないの?」

そのままずばりの疑問をアフマドが投げかける。

「フェンリルとランはそういう関係だろう?　それなのに交尾していないのか?」

「してないのか?」

ジャーハンギールはアフマドに言葉を重ねる。

「だから、食事しながらする話じゃないと、何度言ったらわかる?」

狗にとって交尾が生活に密着した言葉でも、フェンリルは食事の場で交尾の話をするのは好まなかった。

ジャーハンギールとアフマドにもそう言い聞かせてきたつもりだったが、フェンリルの教えには従う彼らも、そこだけは上手くしつけられなかったらしい。

「交尾も食事も同じじゃん」

ジャーハンギールが身も蓋もない言い方をする。

そういう気持ちがわからないわけではない。フェンリル自身、実際のところ、そう割り切って考えていた時期が長かった。

しかし「今」は異なる。

狗にとって一族を将来へ繋げることはいわば義務だ。

狗同士でなければ狗は生まれにくいだけでなく、発情期の交尾でなければ狗の資質は繋がらない。

いわば特殊な立場に置かれているがゆえに、割り切らねばならなかった。

しかしトラウマゆえに、フェンリルは割り切れなかったのだ。

子を作らねばならないと頭ではわかっていても、体が反応しない。それは発情期でも同じだった。

もちろん、本能的な反応で、状況の整った場所であれば、物理的な問題として子を作ることは可能だったかもしれない。だがフェンリルの理性はそれすら拒んだ。

　発情期を抑制する薬を飲み続けた。当初の抑制剤はある意味プラシーボ的な意味合いが強く、効いているような「気がする」といった、当人の感覚に委ねる部分が強かった。だからフェンリルは発情期の仕組みから研究、分析することで、製薬会社の人間を引き抜き、生理学の上から効果を果たす抑制剤の製作に乗り出した。

　試行錯誤を繰り返しつつも、その甲斐あってようやく、臨床段階にまで至る薬を作りだせた。

　フェンリルがランに与えた薬はその中のひとつだ。効果は体質や状況にも左右されるため、どの程度発揮されるかわからなかったものの、何もないよりはマシだろうと、渡したのだ。

　何しろランは、生まれも育ちも種族的にも、他の狗とはかなり異なっている。狼である彼がどの程度、狗と生理が近いかもわからない。それだけでなくランは、己が狗（厳密に言うと狼だが）である事実を、フェンリルに会うまで知らなかったのだ。

　驚くべきことに、発情期も経験していなかった。個体差もあるが、狗の初めての発情期は、十二、三歳辺りに訪れる。そこはヒトの第二次性徴期とほぼ変わらない。期間も状態も定まらず、そこから約一年かけて体が整っていく。つまり「狗」としての資質を次世代に継承可能な体になるのだろう。

要するにランは、狗としてだけでなく、ヒトとしても性的に未成熟だったということになる。

フェンリルがランからその事実を告げられたのは、彼の狗としての御披露目が済んでからだ。

童貞で、かつ自慰の経験すらまともになかったと知ってとても驚いた。同時に、狗としての本能を呪うと同時に感謝もした。

ランがセックスに慣れていないことは、当然わかった。戸惑い羞恥を覚えながらも、快感に溺れていく様は、そそるものがあった。慣れていないならば、仕込む楽しみもあると思ったぐらいだ。

だが改めて考えると、ランが「狼」であるがゆえに、成長が遅かったのかもしれない。狼であり、オメガでもある。

その特殊性ゆえに、彼を我が物にしようと襲ってくる輩も多いだろう。実際、サーロス家に保護を求め渋谷に初めて降り立ったとき、周囲の空気に煽られたランに突然発情期が訪れた結果、彼は拉致を企んだ凱家の人間に襲われかけてしまった。

煽られたのは凱だけではない。抑制剤を常用していたはずのフェンリルですら、あのざまである。

ランというオメガは、アルファにとっては最高のご馳走（ちそう）だ。

一度知ってしまったら他はいらない。何を食しても満足できなくなる。

それほどまで、オメガは何もかもが甘美だと言われていた。

発情期が治まった今でも、あの時の記憶は鮮明だ。ランの匂いが今もフェンリルの全身に染みついているようだ。

ランもまた、常に甘い香りを身に纏（まと）っている。オメガの香りは、誰にでもわかるわけではなく、その発情期に交尾をする相手のみが感知し得る。

ランに言わせれば、アルファであるフェンリルも、例えようのないほど魅惑的な香りを放っているらしい。

ランの香りは、フェンリルだけのもの。フェンリルの香りも、ランだけのもの。

それなのに。

「本当に交尾してないのか?」

繰り返される問いに、フェンリルはさすがに肩を竦（すく）めた。

「そう何度も連呼しないでくれ。ランに聞こえたら面倒だ」

「面倒って何。どうして?　俺たちにとって、交尾ほど重要な行為はないのに」

ジャーハンギールは、まるで幼い子どものように反論してくるが、正論だった。狗に生まれた以上、その性質を次世代に繋ぐことは、何にも優先されることだ。

「ことと次第によっては、フェンリルでも許せない。僕らにとってランは、希望の星でかけがえのない存在だから」

滅多に感情を表に出さないアフマドにしては珍しく、強い口調ではっきり自分の気持ちを訴える。

「そうだ、アフマドの言うとおりだ！」

ジャーハンギールは実に調子いい。

今ここで三人が顔を揃えているのは、ジャーハンギールがランを拉致したことに端を発する。

一族として、サルーキ家とジャーハンギールの罪が許されたのは、ランの意志によるところが大きい。

狗として、一族を統べる九家を失うことは大きな痛手となるが、サーロス家当主のフェンリルと、稀少種の狼の末裔であるランが首を横に振れば、彼らの将来は一族諸共有り得なかった。

直接的な関わりはなくとも、血縁関係にあるアフガンハウンド家の将来も同様だった。

そんな事実がある上に、ランは家を許しただけでなく、子どもの頃のように、ジャーハンギールとアフマドの二人がフェンリルの家に遊びに行くことを許してくれたのだ。

当然ながら、ジャーハンギールがフェンリルの従僕を買って出たことも理由のひとつだ。しかしそれ以上に、ランが二人との交流を求めた。

狗としての知識を得るため、同年代の存在は何よりも大切だ。おまけにフェンリルの過去もよく知っている。ランはランなりに利益があったが、この要望は当人よりも周囲に大きな意味を与えた。

ランのことなど知らず、フェンリルの相手となった事実に苛立っていたアフマドは、ランの申し出を知って掌を返した。

これまでアフマドには、大切なものは世の中に二つしか存在しなかった。

ひとつは、ジャーハンギール。

いわば心の双子で、運命共同体と勝手に思い込んでいるが、あながち思い込みだけではない存在だ。切っても切り離せないし、離すつもりもない存在。

そしてもう一つが、フェンリル。

これは言うまでもない。

絶縁されてもやむを得ない状況で、縁を繋いでくれただけでなく、こうしてまたフェンリルの手料理にありつけるようになったのは、ランのおかげに他ならない。

そんな、アフマドにとって大切な二つを守ってくれたランは、三つめの大切なものになった。

フェンリルが誰かと交尾するのはもちろん、結婚するのも嬉しくない。そもそも狗のしきたりやらしがらみが嫌で嫌で仕方がなかったのだ。

しかし、フェンリルは交尾するのも結婚するのもランとだけだと断言している。アフマドにとって大切な二人が一緒になる。これ以上に喜ばしいことがあろうかと、ジャーハンギールから話を聞いたときは、内心飛び上がるほどに嬉しかった。

ランに実際会ったときも、ぐっと我慢したが、本当は抱き締めたいほどに感動したのだ。可愛いし素直だし、ジャーハンギール相手にもまったく怯まない。それでいてフェンリルの前では強気になったりと忙しい。フェンリルはそんなランなら、何をしても可愛くて仕方がないのだろう。

外見からも想像がつくように、フェンリルはクールに見られがちだ。

そんなフェンリルが、ランにはとにかく甘い。人前でも気にすることなくいちゃつく。二人の仲むつまじい様子を見たら、子どもも生まれるに違いないと思っていた。

アフマドは子どもが苦手だ。だが二人の子どもだったら、アフマドも可愛がれる。だからその日を心待ちにしていたのだ。

それなのに。

「交尾しなければ、できるものもできない」

ジャーハンギールの言葉にアフマドは強く頷く。

「もしフェンリルがランと交尾するつもりがないなら、僕がもらう」

「俺も」

　ジャーハンギールも名乗りを上げる。

「な……っ」

「何でそんな意外な顔をしてんの？　俺たちだってれっきとしたアルファだ。サーロス家には劣るけど、一応九家次期当主だし」

「もちろん忘れたことなどない。だがまさかお前たちが、ランをそんな相手に見ていると考えたこともなくて……」

「うん。見てない」

　ジャーハンギールの言葉に隣でアフマドも同意する。

「それなら」

「でも、フェンリルがランと子ども作る気がないなんてもったいないことを言うなら、俺らが相手になるのはやぶさかじゃない」

　アフマドは続く言葉にも同意して、大きく頷いた。

「私は、子どもを作る気がないとは言っていない」

「でも、してないんでしょ、交尾」

「それは……」

「もしも、交尾しない言い訳があるなら言ってよ。聞いてみてから、俺たちの納得できるものかどうか判断する」

ぐっと一瞬言葉を詰まらせつつも、フェンリルは口を開く。

「……ランのためだ」

誤魔化しの利かない相手だということはよくわかっている。何しろフェンリル自身が育てたのだ。

「もしかしてそれって、男同士が結婚できるようにしてからって話と繋がる？」

「それはさすがに、時間をかけるべきだと思い直している」

「だったら、何」

「……ランは初めての発情期を迎えたばかりだ」

この場の誰もが知っている事実を、フェンリルは口にする。

「それが何？」

ジャーハンギールもアフマドも知っている。

「発情期がいまだ落ち着かない状況で、ようやく数日前から薬の効果が出てきたぐらいだ。そんなところで私がそばにいたら、寝た子も起きてしまうだろう？」

「それの何が駄目なわけ？　いいじゃん。二人の気持ちはわかってるし、ランはフェンリルの子どもがほしいって言ってるんだから、薬の効果が切れて交尾したとしてなんの問題がある？　アフマド、わかるか？」

「わからない」

　揃って「わからない」と言われたフェンリルは小さく息を吐いた。

「ランは狗の世界に飛び込んできたばかりだ。まだ右も左もわからない状況で、さらに男であるにもかかわらず子どもを身籠もったらどうなると思う？　ただでさえ不安なのに、さらに不安になると思わないか？」

「えー。思うわけないじゃん」

　ジャーハンギールが肩を竦める。

「不安なのはわかるよ。俺たちにも言ってたし」

　うんうんと、アフマドは頷く。

「いつ？」

「フェンリルが仕事でどっか行ってたとき。たぶん、知らないんじゃないかな。俺たち結構、三人だけで会ってる」

「いつの間に……」

　フェンリルは混乱していた。

　弟のような二人と恋人が仲がいいのは嬉しい。だがまさか、自分の知らないところで三人だけで会っていようとは、想像もしていなかったのだ。

「そんな、私も誘ってくれればいいのに」

「だーかーらー、フェンリルが仕事のときだって。さすがにフェンリルのいるときに、内緒で会ったりしない。大体、思い出してみろよ。フェンリルが家にいるときに、ランがいなかったこと、あるのか？」

「……ない」

「だろー？　ランは誰より何よりフェンリルが最優先なんだ。長年連れ添った夫婦ならともかく、まだ恋人になって間もないだろう？　そんな時期に、せっかくフェンリルが家にいるときに、わざわざ置いて俺たち三人だけで会うわけがない。少しはランのことを信頼しろ」

「もちろん、信頼している！」

「だったらなんで、ランが大丈夫だって言ってるのに、交尾しないんだよ」

そして話は核心に戻る。

「さっきの、不安云々の話だけど、ランが自分から、不安だってフェンリルに言ったの？」

改めてジャーハンギールに問われ、フェンリルは開きかけた口を閉じる。言われてみれば、確かにラン自身の口から不安だという言葉は出てきていない。

何か言いたげにしている様子から、フェンリルが勝手に「不安なのだ」と決めつけていたかもしれない。

「恥を忍んで聞く。ランは、おまえたちに、何か言ったのか?」

ここは正直に聞いてしまったほうが早いだろう。フェンリルは早々にプライドを捨てた。そんなフェンリルの態度に、さすがにジャーハンギールとアフマドは面食らったのだろう。

二人とも目を見開き、互いの顔を見合わせた。そして再びフェンリルに向き直り、「内緒」とほくそ笑む。

「内緒って……ここまで人を煽っておきながら、内緒はないじゃないか」

「ここまでヒントを上げたんだから、最後の詰めの部分ぐらい、自分でやりな」

「……情けない」

アフマドの呟きがフェンリルの胸に突き刺さる。

「情けないっていうか、フェンリルは優しいんだよ。でも、優しいばかりがいいわけじゃない。あんまり優しすぎると、優しさに慣れてない俺たちみたいな人間は、かえって不安になるんだ」

「俺、たち」

「そう。俺たち」

ジャーハンギールははっきり断言する。

「それから、発情期になったばかりの頃なんて、抑制剤飲んでもほぼ効果ないから」

「……そうなのか？」

驚いたフェンリルは、らしくない大きな声を上げる。

「効いてるなって思うようになったのは、ここ数年？　それも、くる前に飲まないとあんまり意味ない」

ジャーハンギールの言葉に同意するように、アフマドは何度も頷く。

「アフマドもか」

知らなかった事実に困惑したフェンリルは、はたと気づく。

「効かなかったってことは、その頃、どうしてたんだ？」

さらなる問いには、ジャーハンギールもアフマドもにやにや笑うだけで、ちゃんと答えようとはしない。

何をどうしていたのか、知りたいような知りたくないような、親代わり、兄代わりのフェンリルは微妙な心地になる。

「今はランだ」

ジャーハンギールが話の軌道修正を図る。

「フェンリルが本気でランを大切にしてるのは知ってる。俺たちも二人には幸せになってもらいたい。だから、取り返しのつかないことになる前に、まずはランの話を聞けよ」

「フェンリルは頭が良すぎて、たまに分別くさくなる」

「アフマド……」

口数が少ないせいか、たまの発言がフェンリルの心を抉る。

「大人だからって我慢することないよ。今まで馬車馬みたいに、狗とか俺たちのために働いてきたんだ。ここで少しぐらい休んだところで、文句言わないよ……あ。ヴァナルガンド辺りは多少文句言うかもだけど」

ここまで、あえて無視し続けたヴァナルガンドの名前を挙げた。

今でこそフェンリルの影とも言うべき立場にある男だが、ジャーハンギールが子どもの頃は、正直訳のわからない立場にいた。とにかくフェンリル唯一主義過ぎて、色々面倒臭いのだ。それにヴァナルガンドの場合、あえてカウントしなくても、勝手にフェンリルの後を追いかけてくる。

「あいつだってフェンリルの幸せを望んでるのは同じだ」

ジャーハンギールの言うことは、いちいち尤もだった。

フェンリルは自分自身に、色々言い訳をしていた。

ランが不安に思っているから。

ランに無理をさせられないから。

ランの発情が安定していないから。

ランが。ランが。何もかもを責任転嫁している。

本当は、気が遠くなるほど抱きたいのに、ランを欲してしまう自分が怖かったのだ。

初めてのランとの経験があまりに鮮烈だったから、状況が変わった上での次の行為のときにどうなるか不安だったのは、ランではなく自分だ。

「ランは私に呆(あき)れていないだろうか」

突然襲ってきた不安を口にすると、ジャーハンギールとアフマドは、寝室に通じる扉に視線を向けた。

「俺たちは帰るから、直接本人に聞いてみたら？」

「今頃、扉に耳を当ててこっちの話を聞いてるだろうから」

「え？」

賑(にぎ)やかな二人の弟が出て行ったのを確認して、フェンリルは軽く呼吸を整えてから、扉の前に立った。ノックしようと思ったものの、ランの匂いを感じて、その手をぎゅっと握った。

ジャーハンギールの言う通りだ。

ランはいつからここにいたのだろう。

今彼がどんな気持ちで扉の前にいるのかと思うと、胸が締めつけられるようだ。

「……ラン」

フェンリルは可能な限りの優しさを込めて、愛しい名前を紡いだ――。

あとがき

『狗（いぬ）の王』は私にしては珍しく、設定と内容、タイトルがほぼ同時に浮かんだ作品です。冒頭部分ではかなり苦労したのですが、そこを乗り越えてしまったら、主人公たち以外も、それぞれのキャラクターが勝手に喋（しゃべ）ってくれるありがたいお話になりました。

子どもの頃、父親に買ってもらった犬の写真集で初めてアフガンハウンドという犬種を知りました。

犬が飼えるようになったら絶対にアフガンハウンドにするのだと決めていたのに、実際初めて我が家にやってきたのはポメラニアン。次もポメラニアン。その後は、トイプードル。今いる子も、トイじゃないサイズのトイプードルです。

アフガンハウンドや大型犬を飼う夢は成就できていませんが、作品世界の中で色々な犬種に出会えました。

挿絵をご担当くださいました、黒田屑（くろだくず）様。

作品イメージが固まったときに、黒田さんにお願いしたい！　と強く思いました。

こうして作品世界を鮮烈に華麗に描いていただけて、とても嬉（うれ）しいです。

ご多忙の中、素晴らしいイラストをありがとうございました。

担当様、ホワイトハート編集部の皆様には、今回も大変お世話になりました。ありがとうございました。

しょっちゅう迷宮に入ってしまう私に、出口を示してくれる担当様。本当にありがとうございます。これからも何とぞよろしくお願いいたします。

最後になりましたが、『狗の王』をお手に取ってくださいました皆様へ。

「霞が関」シリーズとはかなり趣（おもむき）の異なる作品ですが、いかがでしたでしょうか？　少しでも楽しんでいただけたのであれば嬉しいです。

この世界をもう少し書き続けられますように！

令和三年になる少し前

ふゆの仁子（じんこ）

『狗(いぬ)の王』、いかがでしたか？

ふゆの仁子(じんこ)先生、イラストの黒田屑(くろだくず)先生への、みなさまのお便りをお待ちしております。

ふゆの仁子先生のファンレターのあて先

〒112-8001　東京都文京区音羽2-12-21　講談社　文芸第三出版部「ふゆの仁子先生」係

黒田屑先生のファンレターのあて先

〒112-8001　東京都文京区音羽2-12-21　講談社　文芸第三出版部「黒田屑先生」係

N.D.C.913　222p　15cm

ふゆの仁子（ふゆの・じんこ）

講談社X文庫

10月10日生まれ、天秤座、A型。
愛犬とのんびり暮らしています。
趣味の二胡は始めて10年を超えました。
夜中におもむろに料理を始める日々。
友達と一緒に作り始めたジンジャーシロップ、
日々進化中。

狗の王

ふゆの仁子

●

2021年2月3日　第1刷発行

定価はカバーに表示してあります。

発行者——渡瀬昌彦
発行所——株式会社　講談社
東京都文京区音羽2-12-21 〒112-8001
電話　編集　03-5395-3507
販売　03-5395-5817
業務　03-5395-3615
本文印刷—豊国印刷株式会社
製本——株式会社国宝社
カバー印刷—半七写真印刷工業株式会社
本文データ制作—講談社デジタル製作
デザイン—山口　馨

ISBN978-4-06-522175-4

ホワイトハート最新刊

狗の王

ふゆの仁子　絵／黒田 屑

一族の王になるべき者に抱かれるのは運命。真上ランは、神の造形物のように美しい男・フェンリルと出会う。直後、体に異変をきたしたランは、熱病にうかされたように初対面のフェンリルに抱かれてしまった。

霹靂と綺羅星

新人弁護士は二度乱される

藤崎 都　絵／睦月ムンク

再会した亡兄の親友は、危険な香りがした。新人弁護士の雨宮佑は、依頼人の仕事がらみで亡き兄の親友・鳴神柾貴と鉢合わせする。一枚も二枚も上手な柾貴のペースに乗せられ、佑は身も心も翻弄されるが……。

アラビアン・ハーレムナイト

〜夜鷲王の花嫁〜

ゆりの菜櫻　絵／兼守美行

灼熱の王宮で、美形王子に執着されて――。亡くなった元妻を弔うためデルアン王国を訪れた律は、彼女の弟のリドワーン王子と再会する。元妻の子供をめぐり彼と対立した律は、宮殿に監禁されてしまい……!?

ホワイトハート来月の予定（3月5日頃発売）

閻魔の息子 ……………………………… 樹生かなめ
VIP 宿命 ………………………………… 高岡ミズミ

※予定の作家、書名は変更になる場合があります。